KB172341

꼰대 정치의 위기,
90년대생의 정치질

90년대생의 정치질

노무현재단 청년 황희두 에세이

꼰대 정치의 위기,

90년대생의 정치질

황희두 지음

90년대생의 정치질

포르*체

프롤로그

우리에게는 유능한 관종이 필요하다

한때 '관종'이라는 단어가 부정적으로 유행했다. 사람들의 관심을 끌려는 사람, 관심을 끌기 위해 주변에 폐를 끼치거나 혹은 위험한 행동마저도 서슴지 않는 사람을 관종이라며 손가락질하기도 했다. 그런데 점점 그 의미가 조금씩 달라지고 있는 추세다. 남들과 다른 나만의 개성이나 독창성을 드러내어 주목을 끌고, 타인에게 긍정적인 영향력을 끼치는 새로운 의미의 '관종'이 많아지고 있다.

최근 MBTI 테스트가 선풍적인 인기를 끌고 있다. 이는 자신의 고유한 성향을 타인에게 알리기 위한 하나의 도구로 쓰인 덕분인 듯하다. 물론 MBTI만으로 한 사람을 온전히 설명할 수는 없지만, 처음 만난 사람과 MBTI를 공유하거나 오랜 친구들과 함께 각자의 성향을 복기하며 재차 서로를 탐색하던 사람들이 많다. 서로에 대한 관심과 나를 알리고자 하는 욕구를 드러내는 행위로 볼 수 있지 않을까.

1인 미디어가 활발해진 것도 마찬가지다. 정도는 다르지만 사람은 누구나 사회적으로 어울리며 다른 사람의 관심을 필요로 한다. 유튜브는 물론이고 각종 SNS에서 자신을 적극적으로 드러내는 사람은 더더욱 타인에게 영향력을 미치고 싶어 한다. 그 영향력의 정도가 바로 팔로워로 직결되니 팔로워 수에도 민감해진다. 이때 좋아요, 댓글, 구독자 수를 늘리려 무리하는 경우로 SNS에 대한 부정적인 시선이 있지만 이런 욕구를 꼭 나쁘다고만 할 수 없다. 묵묵히 제 할 일만 한다고 누군가 알아주는 시대는 지났다. 무수히 쏟아지는 콘텐츠 속에서 누군가 진흙 속의 진주를 발굴해 주길 기다리기만 해서는 언제 빛을 볼 수 있을지 막연하다. 결국 우리 시대의 '관종'이란 스스로를 적극적으로 드러내고 타인과 소통하기 위한 필수 덕목이다.

고백하건대 나 역시 정치·시사 유튜버로서 대중들에게

닿기 위해 꾸준히 목소리를 내고 있다. 정치도 결국 사람들의 관심을 모아야 하는 조직 중 하나다. 다만 특정 제품이나 서비스를 다루는 기업과 달리 전 국민을 대상으로 하기 때문에 그만큼 다양한 니즈와 이해관계가 얽혀 있다. 우리가 추구하는 삶의 모습, 바라는 사회를 만들기 위해 각자 목소리를 내고 때로는 그 욕구가 충돌하여 피치 못한 논쟁이 일어나기도 하는 분야가 바로 정치다.

우리가 가장 경계해야 하는 것은 아무도 정치에 대한 관심을 갖지 않고 정치 이야기를 하지 않는 현상이다. 내가 가장 고민하고 기여하고자 하는 일은 찰흙을 다듬어 도자기를 만들듯이 각자 손길을 더해 사람 사는 세상을 만들어 가는 과정에서, 정치에 무관심한 사람들에게 전해질 만한 메시지를 건네는 것이다. 단순히 자극적인 워딩과 흥미 위주의 가십이 아니라, 한 번쯤 생각해볼 만한 문제를 제기하고 이 시대에 정말 필요한 고민을 나누고자 노력한다.

현대인은 매 순간 바쁘고 볼 것들은 넘쳐난다. 즉 시간은 유한한데 정보는 무한한 시대다. 인터넷이 발달하고 온갖 콘텐츠가 쏟아지는 오늘날, 우리는 이제 각자의 이야기를 어떻게 타인에게 전할 것인지 치열하게 고민해야만 한다. 그저 담담하게 내 갈 길을 가는 것도 멋있는 삶이지만, 더 이상 그런 서사에만 기댈 수 없다. 한양대 겸임교수이자 〈100분 토론〉 진행자 정준희 교수님은 오늘날 벌어지는 일들을 두고 '인지 전쟁'이라 비유하기도 했다. 미디어의 본질은 우리의 시간과 눈, 관심을 빼앗고 차지하려는 전쟁에 가깝다는 의미다. 전쟁이라고 부르는 이유는 그만큼 경쟁이 심해져 시간과 주목을 어떻게든 붙잡아 두려는 온갖 기술들이 발전하고 있기 때문이다.

실시간으로 수많은 정보들이 쏟아지며 볼거리와 놀거리가 넘쳐난다. 유행과 흐름도 순식간에 변한다. 이러한 시대에는 자신의 생각을 적극적으로 밝히는 수밖에 없다. 이 과정에서 어느 순간 대중들의 눈에 띄면 그 사람은 자연스레 주목을 받는다. 그 사람이 관종 소리를 듣지 않기 위해 얼마나 조심했는지, 타인에게 기회를 양보했는지는 알 수 없다. 아무리 조심한다 한들 대중의 눈에 띈다면 다른 누군가에겐 관종이라는 말을 들을 수밖에 없다는 의미다. 따라서 마냥 관종이 나쁘다고만 할 수는 없다. 어떤 이야기로 어떻게 더 큰 영향력을 끼칠 수 있는 관종이 될 것인지 고민해야 한다.

정치인 중에는 진심을 다해 열심히 임하는 이들이 많지만, 막상 자신이 어떤 노력을 하고 있는지 대중들에게 드러내고 소통하는 창구는 많지 않다. 이런 상황이다 보니 정치에 대해 막연한 거부감을 가지고 있거나, 정치 자체를 어렵다고 느끼는 청년들에게 더욱 진입장벽이 높아진다. 나는 국회의원처럼 직업 정치인은 아니며, 그저 정치 문제에 관심을 가지고 정치권에 발을 들인 한 명의 청년이다. 저명하신 교수님이 깊은 역사, 사회, 문화, 정치 이야기를 하는 '심화반'이라면 나의 콘텐츠는 '입문반'이다.

시대가 빠르게 변할지라도 정치인들이 반드시 지켜야 할 가치나 태도가 있다. 대표적으로는 더불어민주당 이해찬 전(前) 대표님이 한평생 강조한 '퍼블릭 마인드(공적 의식)'다. 정치인은 유권자를 대변하는 역할이기에 임기 동안에는 사적인 삶보다 공적인 역할을 훨씬 더 중요하게 생각해야 한다. 끝없이 발전과 변화를 거듭하며 '대중들에게 어떻게 내 메시지를 전할 것인가'를 항상 고민해야 한다. 남들은 새로운 시대에 적응하고 있는데 혼자 옛 방식에 머물러 있으면, 결국 대중들의 선택과 관심에서 밀려날 수밖에 없다. 아무리 본인이 좋은 가치를 추구하며, 훌륭한 역량을 갖추고 있을지라도 대중들에게 전해지지 않으면 그건 결국 없는 것과 마찬가지다.

아무리 뛰어난 사람일지라도 한 개인이 모든 사람의 목소리를 대변할 수는 없다. 이처럼 역할과 한계를 인정하는 것이 굉장히 중요하다. 나는 내가 채울 수 없는 공간은 주위 다른 사람들과 느슨한 연대를 통해 힘을 합치는 편이다. 나는 기꺼이 관종이 되어, 할 수 있는 한 '유능한 관종'이 되어 퍼블릭 마인드를 가진 정치인들을 많이 알릴 것이다. 각자 역할을 찾아 소화하는 유능한 관종들이 더 늘어나길 바라는 마음으로, 정치 이야기를 시작하고 싶다.

목차

2. 당신은 무엇을 믿고 싶은가

– 좌절에서 벗어나 할 수 있는 역할을 찾는 일

3. 당신이 믿는 세상은 항상 옳은가

– 메시지를 만들고 틀릴 수도 있는 의견을 개진하는 일

4. 당신이 원하는 세상은 어디쯤 있을까
– 더 나은 세상을 살아갈 것이라는 희망을 갖는 일

1

당신이 보고 있는 세상은 얼마나 진실일까

– 과거의 나를 인정하고 본질에 접근하는 눈을 뜨는 일

너는 커서 대체 뭐 해 먹고 살래?

긴 인생을 살아오지는 않았지만 나의 이력은 다소 독특하다. 2009년, MBC 게임 히어로라는 스타크래프트 프로팀에 정식 입단했고, 2010년 10년 18일 스타크래프트2 대회에서 임요환 선배와의 64강전을 끝으로 은퇴했다. 이후 수년간 후회와 반성을 반복하며 방황하다가 각종 사회 문제에 관심을 가지게 되어 2016년에 '청년문화포럼'이라는 단체를 만들었다.

지금은 많은 사람이 청년 스피커이자 정치 유튜버로 알고 있을 것이다. 게임을 하다 정치에 관심을 두는 사례가 흔치는 않다 보니 프로게이머가 어쩌다 이 길에 접어들었는지 의아해 하는 이들도 많다. 내가 생각해도 과거의 나와 현재의 나는 진로뿐 아니라 성향마저 극과 극으로 다르다. 가짜 뉴스와 혐오, 차별에 맞서고자 하는 지금의 내 메시지를 본다면 과거의 나는 코웃음을 치며 악플을 달고 있을지도 모른다.

내가 프로게이머가 된 건 특별히 게임을 좋아해서는 아니었다. 학창 시절 공부도 하지 않고 한량처럼 시간만 흘려보내던 중에 우연히 TV에서 〈리얼스토리 프로게이머〉라는 프로그램을 보았다. 그때 바로 '이거다!' 싶었다. 프로게이머들이 합숙을 하면서 돈까지 벌 수 있다는 점이 몹시 매력적으로 보였던 것이다. 어릴 때부터 사람들과 부대끼는 걸 좋아하던 성격이라 합숙하면서 친구들과 밤늦게까지 어울리고 게임도 할 수 있는 환경이라니, 부럽기 그지없었다. 더구나 그때는 이미 공부가 내 길이 아니라고 생각하고 있었다. 오죽 공부에 관심이 없었으면, 당시 관악구 쪽에 살아 서울대가 가까웠다는 이유로 나도 당연히 서울대에 갈 줄 알았을 정도다. 성적순이 아니라 일명 '뺑뺑이' 추첨으로 말이다.

말도 안 되는 생각이라는 걸 깨닫고 나니 〈논스톱〉 같은 캠퍼스 라이프도 요원해 보였다. 부모님이 바라는 서울대 입학의 길은 갈 수 없겠다는 생각에 반항심만 높아지고 있었다. 그러던 차에 프로게이머라는 새로운 길을 보게 된 셈이다. 합숙도 하고 게임도 하고 돈도 벌고, 좋아하는 요소가 다 들어 있으니 눈이 번쩍 뜨이는 건 당연한 수순이었다.

원하는 건 꼭 달성해야 직성이 풀리는 성향에, 한번 꽂히면 집요하게 알아보고 파고드는 일종의 덕질 DNA까지 장착되어 있는 탓에 오로지 프로게이머가 돼야겠다는 생각뿐이었다. 차마 부모님에게는 말을 꺼내지 못하고 친구들에게만 털어놨는데 반응은 냉담했다. "네가 프로게이머가 되면 나는 대통령 한다!" 뭐, 솔직히 그럴 만도 했다. 애초에 스타크래프트를 알지도 못하는 백지상태인 주제에 덜컥 '프로'가 되겠다고 했으니 우습게 보이기도 했을 것이다.

그럼에도 기죽지 않고 보란 듯이 착착 해냈다는 멋진 성공 스토리였다면 좋겠지만, 아직 갈 길은 멀었다. 누가 뭐라든 당당하게 내 길을 개척하기는커녕 자격지심만 점점 더 심해지고 있었다. 신림동에서 용산으로 이사하면서 기존의 친구들과 흩어지게 됐는데 새로운 환경에서 새로운 친구들과 잘 어울리지 못했다. 그전까지만 해도 친구들이랑 동네 놀이터에서 경찰과 도둑 같은 놀이나 하면서 모랫바닥을 뛰어다녔는데, 용산에 오니 완전히 낯선 세계인 것이다. 누구네 집값이 얼마니, 재개발을 하니 마니 등 대화의 소재 자체가 달랐다. 겨우 고등학생인데도 그랬다. 특히 학창시절 남학생들 사이에서 은근히 생기는 서열에서도 소외되는 느낌이 컸다. 키도 작고, 피시방에서 살다시피 하느라 살도 찌고, 친구들은 프로게이머를 준비한다고 게임만 하는 나를 이상하게 보거나 무시하고 놀리기 일쑤였다. 무시당하면 힘으로 싸워야겠다는 생각에 권투도 배웠는데, 자신감이 없으니 막상 싸울 용기가 없었다.

집에는 여전히 게임 얘기를 꺼내지도 못했다. 부모님이 학교 가라고 교통비 2천 원을 주시면 그 돈을 아껴 피시방에 갔다. 그때만 해도 실내 흡연이 허용되던 시기라 담배 냄새를 풍기며 귀가하니 부모님은 내가 뭘 하고 다니는지 의심하셨던 기억이 있다. 이래도 혼나고 저래도 혼날 상황이었다. 나름대로는 꿋꿋하게 내 길을 간다고 생각했지만 마음 둘 곳 없이 내면은 점점 곪아 가고 있었다. 어디에서도 인정받지 못한다는 열등감만 커지던 시기였다.

어릴 때는 나름대로 공부도 잘하고 부모님의 기대를 받았는데, 청소년기에는 반항만 하는 아들이 되어 부모님도 마음고생을 많이 하셨다고 한다. 지금 생각하면 그렇게 속 썩이는 반항 청소년이 따로 없었다. 아버지가 걱정에 하는 말씀이 부당하다고 생각하거나 뜻대로 안 되면 굽히지 않고 가출을 해버렸다. 그래봐야 집 근처 주차장이나, 경비실 난로 옆이었지만. 내가 나약한 만큼 세상이 미웠고, 반항심에 고집까지 더해져 부모님과의 갈등도 점점 깊어졌다.

2007년, 부모님과 갈등이 폭발한 결정적인 사건이 일어났다. 그날은 대선이 있던 날이라 정확히 기억난다. 부모님이 투표하고 와서 가족 여행을 가자고 했는데, 부모님이 나가자마자 아무 생각 없이 평소처럼 피시방에 출근해 버린 것이다. 몸에 밴 루틴대로 밤 9시가 넘어 집에 돌아와 보니 부모님은 당연히 머리끝까지 화가 나 있는 상태였다. 이전에도 공부를 안 한다고 부모님께 많이 혼나긴 했지만 그때는 정말 무섭도록 호되게 야단을 맞았다.

"나중에 도대체 뭐 해 먹고 살래?"

그때 욱하는 마음에 처음 입 밖으로 내뱉었다. 나는 프로게이머가 될 거라고. 나름 용기 내서 말했으나 더 혼나기만 했다. 몇 주 동안 대화가 없었는데 결국 져주는 건 부모님이었다. 평소 다도를 즐기던 아버지가 어느 날은 차를 한잔하자고 하더니 내 생각을 물어보셨다. 프로게이머가 왜 하고 싶은지, 그 직업의 전망은 어떤지, 처음으로 진지하게 내 장래에 대해 논의하고 이야기를 들어준 것이다. 유명 프로게이머 임요환처럼 되고 싶다는 말로 부모님을 겨우 설득할 수 있었다. 그렇게 2008년 초쯤 공식적으로 부모님의 허락을 받았다. 중학교 때부터 꿈꿔온 프로게이머라는 목표를 3년 만에 처음 인정받은 날이었다.

나는 키보드 워리어였다

집에서 프로게이머가 되는 걸 허락받은 이후 아버지는 컴퓨터까지 바꿔 주며 전폭적인 지지를 해주었다. 그런데도 여전히 학교생활은 힘들기만 했다. 게임한다고 늦게 자니 학교에서는 졸기 일쑤였다. 뒷자리에서 잠만 자는 학생이 곱게 보일 리는 없었겠지만, 그렇다고 공부를 하지 않는 학생이 나만 있지는 않았을 것이다. 한번은 머리 길이가 길다고 학주 선생님에게 걸린 적이 있었다. 나 말고도 2, 3학년 선배들까지 세 명이 나란히 붙잡혔다. 그런데 선생님이 우리 셋을 훑어보고는 대뜸 내 뺨을 때리는 것이었다. 잘못했다면 똑같은 잘못인데, 왜 나에게만 손찌검을 한단 말인가. 안 그래도 자격지심이 쌓여 있던 차에 분개하게 되는 것은 당연했다. 하지만 앞에서는 한마디도 반발하지 못했다. 그런 내가 초라하게 느껴졌다.

마침 아마추어 합숙소에서 제대로 게임을 배우기 시작하며 결국 고2 때 자퇴를 했다. 마지막까지 학교라는 사회는 나를 더 작아지도록 몰아붙였다. 어머니와 함께 학교에 가 자퇴를 한다고 말했는데, 선생님은 나를 따로 부르더니 위협적으로 하키 채를 손에 들고 "넌 오늘 엄마랑 같이 오지 않았으면 죽도록 맞았을 것"이라며 으름장을 놓았다. 네가 프로게이머로 얼마나 잘 될 것 같냐고 비아냥거리기도 했다. 지금이야 상상할 수 없는 일이지만 그때만 해도 그런 분위기가 허용됐다. 그런 상황에 어떻게 대응해야 하는지 몰랐고 그저 세상이 나를 정말 만만하게 보는구나 싶은 생각에 분노만 쌓였다.

어딘가에 이 부정적인 감정들을 배출해야 했다. 오프라인에서 쌓여 가던 자격지심과 분노는 익명 뒤에 숨을 수 있는 온라인에서 손쉽게 해결할 수 있었다. 아무도 내가 어떻게 생겼는지, 어떤 사람인지 모르는 곳에서는 자신 있게 허세를 부리고 말싸움도 할 수 있었으니까. 그때의 나는 한마디로 '키보드 워리어'였다.

누가 봐도 지질하고 패배적인 정서가 팽배해 있었다. 당시 게임 속에는 나 같은 사람들이 드물지 않았다. 게임을 해본 사람들이라면 크게 공감하는 내용인데, 간혹 자신이 게임에서 패배하더라도 상대방의 멘탈을 건드리면 이겼다고 흐뭇해하는 기묘한 심리를 가진 사람들이 있다. 상대방이 승리에 기분 좋게 취해 있는 모습을 못 보고 기어이 욕을 하거나 조롱하면서 기분을 상하게 만들어야 만족하는 것이다. 오죽하면 게임인들 사이에선 이런 말이 유행할 정도다.

"승패에 집착하지 마십시오. 게임은 이기려고 하는 게 아닙니다. 상대방 빡치라고 하는 겁니다."

그렇게 현실에서 하지 못하는 행동을 수단과 방법을 가리지 않고 온라인에서 행하며 대리 만족하려는 못난 정서가 나에게도 있었다. 그때는 온라인에서의 내 삶을 일부 진실이라고 여겼다. 현실과 분리되어 있다는 것은 알지만 현실에서 할 수 없는 것에 대한, 그러니까 일종의 해방구처럼 느껴지기도 했다. 그저 현실에서 해결되지 않는 피해의식이나 인정받고 싶은 욕구를 온라인에서 해소하려는 심리다. 이런 사람들은 지금도 여전히 존재하리라 본다. 나 역시 실제로는 강자 앞에서 제대로 말 한마디 못하고 당하기만 하면서, 온라인에서는 양아치 같은 말투를 썼다. 이런 모습을 아는 지인 몇 명은 나를 불쌍하게 여기기도 했지만, 온라인에서 강한 내가 진짜라고 생각했다. 현실을 부정하고 온라인에서 센 척을 하며 낮은 자존감을 채우려 했던 것이다.

현실과 온라인에서의 삶은 분리된 것처럼 보이지만 결국은 지독하게 맞물려 있다. 현실에서는 과격하게 욕설을 하거나 극단적으로 남을 조롱하는 행위, 즉 악플을 다는 등의 행동을 하는 사람을 보기 어렵기 때문에 일각에서는 온라인상에서 벌어지는 문제를 심각하지 않게 받아들이기도 한다. 내 주변에는 그런 사람이 없다고 생각해서다. 하지만 사무실에서는 온화하게 사회생활을 하는 사람이 온라인에서는 악성 커뮤니티를 하는 경우도 있다. 악플러도 모두 누군가의 가족이고 자식이다. 온라인에서의 이중적인 모습이 있는 것뿐이다. 이를 이해하지 않으면 온라인상 차별이나 혐오 등에 대해 제대로 된 논의가 이루어지기 어렵다.

이렇게 키보드 워리어의 정서를 깊이 경험했기 때문에, 이를 이해하고 대응할 필요가 있다는 것을 깨달았다. 특히 정치에 관심을 가지고 발을 들이면서 익명 뒤에 숨어 키보드 배틀을 하던 유치하고 한심한 정서가 정치에 이용되는 경우도 있다는 것을 체감하기도 했다. 온라인에서 자신이 원하는 여론을 형성하는 이들에게 효능감을 주고 정서적 일체감을 형성함으로써 여론 몰이를 하는 전략을 활용하는 것이다. 이슈를 만들고 논쟁을 붙이면서 자신의 세력을 강화시키는 식인데, 마치 게임처럼 정치를 하는 셈이다. 물론 온라인에서 벌어지는 논쟁 중에서도 논의가 필요한 이슈일 때가 있어, 이를 쉽게 구분하거나 빠르게 대응하기 어렵다. 다만 악용되는 경우가 분명 있기에 그 이슈를 잘 알아본 후 적극적인 논의와 대응이 필요하다.

간혹 이런 상황에 대해 '무관심이 답'이라고 말하는 경우도 있는데, 전혀 아니다. 내가 보기 싫어서 관심을 끊으면 당장 내 세계는 평온해질 수 있겠지만 이들은 그런 무관심을 기회 삼아 더 활개친다. 심지어 언론이 의도적으로 띄워 주기도 한다. 대중들은 언론을 통해 그것이 다수의 여론이라 착각하게 된다. 혐오 정서를 형성하고 원하는 의도가 담긴 사건을 크게 이슈화하여 부풀리는데 거기에 휩쓸리는 사람이 많아지면 그게 진짜 여론이 되어 버리는 것이다. 무관심으로 외면한다고 해도 결국 눈덩이처럼 불어나는 여론과 그에 따른 변화가 앞으로 우리가 살아갈 세계의 일부를 이룬다.

나도 정치를 일종의 스포츠이자 게임이라고 생각했던 적이 있다. 마치 게임 대회에서 응원하는 팀이 승리하면 내가 이긴 것처럼 큰 효능감을 느끼고, 반대로 패배하면 사기가 저하되어 원인 제공한 선수를 찾아 비판을 쏟아내는 것처럼 말이다. 정치와 스포츠, 게임이 완전히 똑같다고 볼 수는 없다. 다만 특정 인물 혹은 팀을 응원하는 사람들과의 '정서적 일체감'을 형성하고, '효능감'을 전하며 팬들의 기세를 꾸준히 키워 가고, '속도전'에 집중해 발 빠르게 대응한다는 공통점이 있다.

자격지심이 온라인상에서 키보드 워리어로 이어졌던 경험을 드러내는 것은 부끄러운 일이지만, 온라인에서의 문제가 현실 문제와 어떻게 연결되는지 심각성을 이야기하고 싶었다. 오프라인과 온라인의 경계가 사라지는 시대에, 그 두 세계가 맞물려 연결되어 있음을 인지해야 한다. 그래야 우리를 둘러싼 부정적인 정서와 이슈의 본질에 좀 더 다가갈 수 있다.

욕망은 혐오가 된다

온라인 커뮤니티의 영향력을 몸소 체감한 것은 프로게이머 시절이었다. 프로게이머들은 먹고 자는 시간을 제외하면 온종일 게임을 하는데, 한 판이 끝나고 다음 게임을 하기 전 잠깐 쉬는 찰나가 있다. 이때 할 수 있는 여가 활동이라고는 커뮤니티에 접속해서 웃긴 게시물을 찾아보며 잠깐 머리를 식히는 정도밖에 없었다. 이렇게 자는 시간 말고는 거의 온종일 온라인에서 살다시피 하는 것이 프로게이머들의 루틴이었다. 어떤 커뮤니티든 성격을 막론하고 정치적인 게시물 한두 개씩은 섞여 들어오기 마련이다.

그때만 해도 나는 정치에 대해 잘 모르면서 막연한 혐오감을 가지고 있었다. 정치인은 모두 믿을 수 없다고 생각했다. 그런데 당시 커뮤니티에는 일종의 유머 게시글처럼 포장된, 전직 대통령을 직접적으로 언급한 'OO왕 이명박'이라는 제목의 게시물이 종종 올라오고 있었다. 경제왕, 기부왕, 치안왕 등 시리즈는 다양했지만 맥락은 모두 비슷했다. 어떤 사건이나 문제가 터졌는데 제대로 해결되지 않는 상황에서, 이에 분노한 해당 정치인이 출동하여 속 시원하게 해결한다는 일종의 짧은 영웅물이랄까.

전 국민이 분노한 어떤 사건에 대한 경찰의 대처가 미흡했던 사례가 있었다. 그때 그가 이례적으로 일선 경찰서에 찾아가 경찰서장의 사과까지 받아내며 결국 검거에 성공했다는 식었다. 처음엔 재미 삼아 한두 개 봤는데 빠르고 속 시원한 전개에 빠져들며 다른 버전도 궁금해졌다. 나 같은 사람들을 겨냥한 시리즈의 공급은 끊이지 않았다. 'OO왕 시리즈'에 이어 서울 시장 시절이나 자수성가 이야기까지 거슬러 올라가며 한 사람의 영웅 스토리가 끊임없이 올라왔다. 이제는 불신의 대상인 정치인이 아니라 마치 만능 해결사처럼 친근하게 느껴지기 시작했다. 말로는 여전히 정치를 싫어한다고, 정치 얘기도 듣기 싫다고 하면서도 이 시리즈는 꾸준히 찾아보게 되었다. 이 사람이 대단하고 멋있게 느껴지고, 한편으로는 나도 그 울타리 안에 들어가고 싶었다.

그때까지도 내적으로 쌓인 열등감이 있다 보니 현실에서도 강해지고 싶었다. 오직 강한 사람이 되는 길이자 성공의 기준은 돈과 권력이라는 생각들이 쌓였다. 그러다 보니 경제 성장을 이끄는 것처럼 보이는 인물에게 푹 빠질 수밖에 없었다. 내가 살고 있는 용산이라는 지역이 더 잘됐으면 좋겠다는 마음, 부자가 되고 싶다는 나의 욕망을 정확하게 자극했던 것이다. 당시 서울시장은 용산 국제업무지구 개발 사업이 시작되며 몇십조 원의 예산을 써서 용산을 새롭게 만들겠다는 포부를 내놓았는데, 이제 강남처럼 용산의 시대가 열리겠다는 막연한 자부심까지 느꼈다. 오죽하면 그 어린 나이에 개발 사업 조감도를 SNS에 올릴 정도였다.

당시엔 누군가 그를 비판해도 그저 경제 성장만 놓고 보면 해당 정권이 잘한 거라며 옹호하기도 했다. 늘 무시당하던 학창 시절 직후였기 때문에 항상 내가 약해 보이면 안 된다는 생각이 있었다. 멋지게 수트를 빼입은 대통령은 강해 보였다.

사람들에게 내가 이렇게 강한 사람들이랑 정서적으로 친밀하고 가깝다는 걸 드러내고 싶었다. 누군가 그를 욕할 땐 "너는 서울 시장, 대통령 해봤어?"라며 유치하게 반박했다. 내게 잠재되어 있던 강자 동일시에 대한 욕구가 그런 식으로 발현되었다.

이런 나를 비판하는 친구들에게 내세웠던, 나름 합리화했던 논리와 명분도 있었다. 어차피 사회는 꾸준히 부조리했고, 개인이 나선다고 바꿀 수 있는 사회도 아니니 차라리 그 흐름에 탑승해서 강자들의 세계로 들어가자는 심리였다. 그러다 말문이 막히면 "솔직히 노력은 안 하고 툭하면 거리로 나와서 열심히 노력한 사람들의 성과를 빼앗으려는 것 아니냐. 배 아파서 그러는 걸로 보인다."라는 말까지 내뱉었다. 강자들과의 정서적 일체감 형성을 위해 내 행동을 정당화했다.

'OO왕 시리즈'는 나의 내면에 있던 욕망을 표면으로 끌어냈다. 물론 사람에게는 기본적인 욕망이 있기 마련이고 그 자체가 무조건 나쁘다고 볼 수는 없다. 욕망 자체를 전부 부정하는 방식으로는 대다수 국민을 설득할 수 없다고 생각한다. 하지만 그 욕망을 무제한으로 인정하는 건 매우 위험하다. 욕망은 끝이 없고, 결국 약육강식 세계 속에선 약자들의 목소리는 항상 배제된다. 과거 나도 기득권을 차지한다는 것은 각자 능력에 따른 결과이며, 약자들은 능력이 없으니 벌어지는 격차는 어쩔 수 없다고 생각했다.

시간이 한참 지나 당시 정부에서 잠재된 욕망을 극대화하는 심리전까지 펼치며 정치적 목적을 달성했다는 사실을 깨닫고는 크게 분노했다. 다시 생각해 봐도 정말 아찔하다. 알고 보니 한 극단적 커뮤니티 사이트를 건전한 보수로 포장하여 해당 시리즈에 동원했다는 사실도 충격이었다. 제대로 낚였구나, 자존심이 너무 상했다. 게임을 하면서도 나름 심리전을 잘하는 편이라고 생각했는데 정치적 심리전에 보기 좋게 속아 넘어간 것이다. 어마어마한 기득권 카르텔에 휩쓸렸다는 걸 깨닫고 나니 참을 수가 없었다. 한편으로는 이 심리전을 상대해 보겠다는 승부욕도 생겼다. 물론 내가 불안정하고 약했던 탓일 수도 있을 것이다. 생각하면서 살지 않으면 사는 대로 생각하게 된다던데, 내가 딱 그 꼴이었을까. 일방적으로 당하지 않으려면 다방면으로 공부하고 제대로 머리싸움을 해야겠다는 생각이 들었다. 그 마음은 지금도 현재 진행형이다.

물론 돌아보면 부끄러운 이야기다. 그럼에도 사람들이 조금이나마 공감하고 변화할 수 있기를 바라는 마음에서 솔직하게 과거의 이야기를 털어놓고자 한다. 당장 내 눈에 보이는 현상이 전부가 아니다. 모든 사람들이 가족에게 보이는 모습, 직장에서 보이는 모습, 친구들과 만났을 때 보이는 모습이 조금씩 다를 것이다. 그 이면에는 MBTI 알파벳 네 글자로만 표현할 수 없는 복잡한 특성과 면모도 존재한다. 한 사람도 다양한 모습을 띠기 마련인데, 여러 사람이 모인 사회는 더할 것이다. 어떤 상황이나 사건들도 마찬가지로 그 뒤에 깔린 수많은 맥락과 인과가 존재할 수 있다.

세상을 바라볼 때 진실만 들여다볼 수 는 없지만, 최소한 커뮤니티 속 작은 세상에 갇혀 있는 편협한 시각을 버리려는 노력은 꼭 필요하다. 스스로에게 부끄럽지 않도록 납득 가능한 잣대와 기준을 만들어야 정치적 심리전이나 여론 선동에 휩쓸리는 바보 같은 실수를 줄일 수 있다.

커뮤니티가 주는 악한 효능감

심리적으로 언론을 교묘하게 움직여 사람들을 세뇌해서 생기는 가장 큰 문제는 '다른 것'과 '틀린 것'을 구분할 수 없게 만드는 것이다. 역사적으로 이미 '틀린 것'으로 정리된 사안들도 다시 정치판에 올라와 정쟁화되는 경우가 있다. 그러다 보면 다양한 관점과 논쟁에 휩쓸리며 틀린 게 아니라 다른 영역이 되어 버리고, 결국에는 양극단의 의견으로 나뉜다. 이 때문에 세상의 시각이 점점 편향적으로 변하는 것이다.

오랫동안 '다르다'와 '틀리다'가 혼용되어 쓰였지만 최근에는 대중들도 그 의미가 명확하게 쓰이길 원하는 추세다. 편향되지 않은 것을 원하며, 다른 것인지 틀린 것인지를 정확히 인지하고 받아들이고자 한다. 문제는 그 지점을 명확하게 찾는 것이 사실상 매우 어렵다는 점이다. 정치적인 양쪽 진영에서 모두 인정하는 인물, 포털, 혹은 어떤 의견이라는 것이 과연 가능할까? 설령 중립적인 요소가 열 가지 있다고 해도 그중 단 하나가 치우치거나 한쪽에 불리하다면 나머지까지 모두 부정당하기 십상이다.

더 중요한 건 객관적인 척하면서 편향적인 의견이 실제로는 도리어 잘 먹힌다는 것이다. 중립적인 의견을 제시하는 척하거나 아예 어떤 콘텐츠를 하는 척하면서 특정 정치 성향을 자연스럽게 녹여내는 방식이 거부감 없이 신뢰를 얻는 경우가 많다. 그런데 논쟁이 늘 거대 담론으로만 이루어지는 것은 아니다. 때로는 열 마디 중 한 마디가 사람들의 심리에 큰 영향을 미친다. 그래서 미묘하게 사람들의 심리를 내가 원하는 방향으로 이끌며 은근슬쩍 여론을 만드는 전략이 세상의 관점을 바꾸기도 한다.

이를테면 누군가 커뮤니티에 부정적인 여론을 조장하기

위한 게시물을 올렸다고 하자. 조회수가 높아지면 언론이 이를 퍼 날라 보도하고, 그게 또 포털에 걸리면서 점차 확대된다. 커뮤니티에 직접 접속하는 사람이 아니더라도 언론이나 포털에서 접하게 되면 사람들은 그것이 다수의 생각이라고 착각한다. 그러면서 비슷한 내용의 콘텐츠를 보면 클릭하게 되고, 점점 무게가 실리며 재확대되는 것이다. 뉴스든 유머 게시글이든 단순히 몇 초 보고 넘어가는 것뿐이라고 가볍게 생각할 수도 있지만 이 구조는 생각보다 굉장히 심각하게 대중의 무의식을 파고든다.

이런 사회적 분위기는 팩트에 기반하여 형성되는 것이 아니라 자극적인 콘텐츠에서 촉발되는 경우가 많다. 커뮤니티 유저들은 이러한 현상을 보면서 효능감을 느낀다. 내가 던진 얘기가 먹혔고, 인정받았다고 생각하는 것이다. 그러면서 점점 더 진실과 상관 없는 자극적인 콘텐츠를 생산한다. 차별과 혐오는 생각보다 간단하게 퍼져 우리 일상을 파고든다. 물론 그중에서도 실제로 사회 변화에 긍정적 역할을 한 콘텐츠들도 많다. 그렇기에 이를 명확하게 구분하기가 훨씬 더 어렵고 복잡하다. 그러다 보면 결국 이러한 주제로는 이야기를 하지 않게 된다. 악순환의 반복이다.

내가 2019년 민주당에 들어갔던 이유도 앞서 언급한 온라인 이슈들 때문이다. 오늘날 온라인 흐름과 유행은 너무나 빠르게 변하고 있는데, 정작 더불어민주당은 이에 대한 중요성과 심각성을 인지하지 못하고 있다는 생각이 들었기 때문이다. 특히 개인적으로 의아했던 건 분명 김대중 전 대통령은 IT 강국의 초석을 쌓았고, 노무현 전 대통령은 세계 최초의 인터넷 대통령이라는 별명을 얻었다는 점이다. 그때만 해도 진보정당이 시대를 앞서가고 트렌디하다는 느낌을 받았는데, 막상 내가 정치에 관심을 가진 시점에는 왜 이렇게 시대 흐름에 뒤처지고 있는가 하는 의문이었다.

충분히 알려야 할 내용은 알려지지 않고 클릭을 유도할 수 있는 자극적인 문구가 포털 메인을 장식한다. 조회수가 수입으로 직결되는 기자들의 경우 사람들이 관심 있는 사안을 더 자극적으로 보도하기 마련이고, 그게 다시 커뮤니티에서 언급되며 연결고리가 생겨난다. 어느 순간 정파적인 것을 떠나서 조회수를 끌어낼 수 있는 이야기, 사람들이 많이 클릭하는 내용이 곧 여론이 되는 것이다. 그게 정치인까지 연결되는 순간 깨기 힘든 하나의 구조가 형성된다.

촛불혁명이 본격적으로 시작되기 직전에, 그때만 해도 별다른 기준이 없던 나는 한편으로 고개를 갸웃했다. 점점 더 많은 사람이 촛불을 들고 동참하고 있는데 뭔가 잘못된 게 아닐까, 정치적으로 편향되어 있는 것은 아닌가 의아했다. 좀 더 정확한 진실에 접근하고 싶었다. 역사부터 차근차근 공부하기 시작하면서 내가 접근한 현실은 커뮤니티에서만 본 것과는 너무 달랐다. 정치적으로 심리전, 여론전을 펼치는 일이 이전부터 이어져 왔다는 것을 알게 됐고, 커뮤니티라는 공간과 정치는 전혀 별개의 성격을 가진 것처럼 보이지만 실제로는 떼놓을 수 없다는 것도 그때 깨달았다.

커뮤니티 공간에 정치 이슈를 노골적이지 않은 방식으로 살짝만 흘리면 훨씬 더 많은 사람들에게 거부감 없이 소비된다. 사람들은 가볍게 무의식적으로 콘텐츠를 소비하지만, 이를 반복하면 그 콘텐츠에 영향을 받는다. 나중엔 그게 애초에 내 생각이었고 스스로 선택했다는 느낌을 가지게 된다.

"대중이 스스로 선택했다고 믿게 해야 그 선택이 오래간다."

에드워드 버네이스가 남긴 유명한 말이다. 기본적으로는 PR이나 마케팅 영역에서 적용되는 말이지만, 정치나 사회적으로도 사람들의 심리를 자극하고 움직이는 본질적 원리는 동일하다고 본다. 1923년 출간된 《여론 정제(Crystallizing Public Opinion)》라는 책은 괴벨스가 독일 내 반유대주의 여론을 끌어올리는 데 이론적 바탕이 되었다고 알려져 있다. PR 기법이 현실 정치와 연결되어 구체적인 심리전 사례로 쓰였다는 사실들은 결코 무시할 수 없는 중요한 역사다.

요즘도 크게 다르지 않다. 청년, 청소년들과 만나서 요즘에는 어디에서 여론이 주로 움직이는지 물어보면 꼭 커뮤니티에 접속하지 않더라도 SNS 등 다양한 플랫폼을 통해 실시간 인기글이 공유되는 식으로 접하게 된다고 한다. 이런 방식은 오프라인에서 1인 시위를 하는 것보다 훨씬 빠르고 폭넓게 전달된다. 누군가 의도했다는 티가 나지 않도록 교묘하게 사람들의 심리와 인식을 움직일 수 있는 수단이 될 수 있다는 것이다. 물론 일반 시민들이 자신이 느끼는 것을 자발적으로 올리거나 콘텐츠를 만드는 경우도 있다. 다만 댓글 부대를 3천 명씩 고용하여 여론을 만드는 사례가 있었던 만큼 이는 단지 개인의 영역이라고 가볍게 생각할 수 없는 문제다.

실제로 존재하는 객관적인 사실보다 감정에 치우치며 여론이 형성되는 현상을 '포스트 트루스(Post-Truth)'라고 한다. 바야흐로 탈진실의 시대다. 최근에는 우리나라뿐 아니라 세계적으로 이러한 탈진실의 시대가 열리고 있다고들 한다. 이러한 문제에 대해 충분히 관심을 가지고 변화를 만들지 못하면 그 피해는 고스란히 다음 세대까지 이어질 수밖에 없다. 온라인에서 부풀려지는 이슈나 논쟁은 부적절하게 치우친 정서일 수 있다는 사실을 '인지'하는 것만으로도 관점은 달라질 수 있다. 여론에 휩쓸리지 않고 진실을 보기 위해서는 그 차이점을 인지하는 시선이 반드시 필요하다.

게임 속 트롤을 현실에서 상대하는 일

온라인에 매몰되어 있다고 할 정도로 게임과 온라인 세상이 전부였던 나의 청소년기는 프로게이머가 된 이후에도 흔들리기 시작했다. 막상 그토록 바라던 프로게이머가 되었는데 행복이 그리 오래 가지 않았기 때문이다. 고등학교를 자퇴하고 20대 초반까지, 프로게이머였던 내가 정치 유튜버로 전향하기까지는 내 인생의 가장 괴롭고도 중요한 터닝 포인트가 된 시기였다. 프로게이머를 준비하는 아마추어 합숙소에 합류할 당시 꼴찌나 다름없는 실력이었지만, 그래서 오히려 한 명씩 꺾으며 성적을 올리는 재미가 있었다. 학교에서 느낄 수 없었던 자신감을 서서히 되찾았고 이게 나에게 맞는 길이라는, 정말 잘될 것 같다는 꿈에 부풀었다.

마침내 꿈에 그리던 MBC 프로게임단에 합류해 24시간 합숙 생활을 시작했을 땐 마냥 설레고 신나는 마음이었다. 하지만 행복은 잠시뿐, 프로게임단 입단 후 며칠 만에 현실의 벽을 맞닥뜨렸다. 늘 승승장구할 수야 없겠지만, 마음과 현실이 다르다 보니 내 능력에 한계를 느끼고 좌절하는 순간이 많아졌다. 내면이 단단하지 않으니 작은 실패에도 크게 휘청일 수밖에 없었다. 나름대로 목표한 바를 이루기도 하고, 내게는 연예인이나 다름없던 선배들이 있는 팀에 합류해 뿌듯한 감정도 있었지만 어떤 지점에서 더 이상의 벽을 넘지 못하는 듯한 답답함이 밀려왔다.

호기심과 열정으로 뛰어들었지만 막상 지내보니 1년 365일 내내 시험을 보는 기분이었다. 낭만으로 들어섰으나 현실의 벽은 높았다. 친하게 지내는 동료들을 성적으로 꺾어야 하고, 그들을 이기고 1등을 해야만 겨우 데뷔하고 활동할 수 있게 되는 생태계 자체도 버티기 힘들었다. 어느새 그 좋아하던 합숙도 닭장에 갇힌 삶처럼 느껴졌고, 또래 친구들이 누리는 평범한 대학 캠퍼스 생활이 부러웠다. 어쩌면 나는 게임을 잘하고 좋아해서 프로게이머가 된 게 아니라 그저 학교에 가기 싫어서, 현실에 대한 도피처가 필요했던 건 아닐까? 게임 그 자체가 아니라 합숙이 좋아 보인다는 엉뚱한 동기, 확고한 신념보다는 친구들의 조롱과 멸시에 오기로 프로게이머를 시작했던 것이 발목을 잡았다. 막상 프로게이머가 되고 나니 다음 목표가 사라진 것이다. 동기 부여도 되지 않고, 연습을 멀리한 채 팀원들과 노는 시간만 기다리고 있었다. 그게 내가 롱런하지 못한 이유였다.

프로게이머로서 마지막 대결을 펼쳤던 날이 선명하게 기억난다. 2010년 10월, 대회에 나갔는데 64강에서 임요환 선배를 만나게 됐다. 임요환 선배는 선수를 은퇴한 뒤 감독으로 활동하다가 몇 년 만에 복귀한 것이었기 때문에 그 공식전에 엄청난 관심이 쏠렸다. 대회를 일주일 정도 앞두고 있자니 가만히 있어도 심장이 뛰고 잠도 안 왔다. 너무 부담스러운 마음에 잠수를 탈까 싶을 정도로 멘탈 관리가 안 되고 있었다. 물론 그날만 기다리는 해외 팬들도 많은데 잠수라니 말도 안 될 일이었지만 말이다. 당일 대회장에 가서 자리에 앉았는데 하필이면 무대 앞에 있는 관객들과 눈이 마주치는 구조였다. 그 자리에 있는 수백 명의 관객이 다 임요환 선배 팬인 걸 알고 있으니 긴장감이 더 높아졌다. 어찌어찌 게임이 시작되고 끝내 내가 패했을 때에는 관객들의 함성에 부스가 흔들릴 정도였다. 경기가 끝나고 임요환 선배와 마지막으로 악수를 나누면서 생각했다. 임요환처럼 되고 싶었던 내 게임 인생은 마지막도 임요환으로 끝나는구나. 더 이상의 미련을 버리고 단호하게 프로게이머를 그만두기로 했다.

이렇게 얘기하면 임요한 선배와의 경기가 나를 좌절시킨 트라우마로 남은 것처럼 보일 수도 있지만, 오히려 그때의 경험은 다시 경험할 수 없는 값진 교훈을 남겨 주었다. '제물 테란'이라는 다소 불명예스러운 별명을 얻기도 했으나 롤모델로 삼을 만큼 존경했던 이와 경기한다는 사실 자체가 엄청난 영광이었다.

재미있게도 정치에 관심을 갖게 되면서, 게임 전략이 실제로 현실 정치에 적용할 수 있는 부분이 많다는 점을 느꼈다. 게임하면서 상대방의 약점을 찾아내어 파헤치는 방법, 그리고 수많은 전투를 통해 차근차근 입지를 확보해 가는 과정, 강한 상대를 만났을 때 정면으로 부딪히고 성장을 도모하는 것까지도 정치권에서 겪는 상황과 비슷했다. 게임이 그렇듯 싸움에서 이길 때도 있고 질 때도 있기 마련이다. 과거 임요환 선배와 겨뤄본 경험이 나에게 맷집을 만들어 주었다고 생각한다.

정치인 중에는 게임하는 키보드 워리어의 정서를 그대로 가진 경우도 있어, 현실에서 마치 게임 속 트롤을 상대하는 것 같은 상황이 펼쳐지기도 한다. 이를테면 실시간 토론에서 의도적으로 도발하며 상대를 흥분하게 만든 후 준비했던 멘트를 내뱉어 바보로 만들거나, 자신이 뭐라도 되는 듯 굴며 무턱대고 공격적인 행동을 나서는 경우랄까. 그때는 어떤 논리정연한 주장도 먹히지 않지만, 게임에서는 언제나 파훼(破毁)법이 있다.

프로게이머 시절 밥 먹을 때도, 다른 걸 할 때도 머릿속으로 게임 전투 상황을 떠올리며 시뮬레이션하는 습관이 있었다. 덕분에 지금도 틈날 때마다 머릿속으로 시뮬레이션을 돌리며 상대를 대응할 수 있는 전략을 점검하는 편이다. 결국 게임도, 정치도 수 싸움이 중요하기 때문에 이 습관이 꽤 도움이 된다.

정치권에 들어왔을 때 '게임하던 애가 웬 정치냐'고 나를 비판하는 사람들도 있었지만, 오히려 과거 프로게이머였던 이력이 정치에 적용되었을 때 새로운 돌파구를 만들 수도 있을 거라는 생각이 들었다. 〈스타크래프트〉도 그렇지만 여러 전략 게임의 원천이 된 것으로 잘 알려진 《삼국지》도 결국 전쟁이자 정치 이야기 아닌가. 게임과 정치는 언뜻 정반대로 보이는 두 개의 키워드지만 게임을 통해 정치의 문턱을 낮출 수 있으리라 생각한다. 게임처럼 접근하여 기존의 정치에서 생각이 미치지 못한 새로운 전략을 시도할 수도 있다.

법과 상식이 언제나 공정하지는 않았다

프로게이머를 은퇴한다는 결심은 좋았으나 그때부터 평범한 청년이 된 나에게 본격적으로 악몽 같은 시간이 시작되었다. 프로게이머를 은퇴하고 나니 백수였다. 한동안은 그 자유를 만끽했다. 직업으로 했을 때는 힘들었던 게임도 취미로 하니 재미있었다. 한량처럼 허송세월을 흘려보내고 있자니 아버지는 군대를 가든가, 해외에 가서 견문을 넓히고 오든가, 아니면 공부라도 하라고 하셨다. 셋 다 싫었다. 당장 온라인에서 현실로 나와 발을 디딜 용기도 부족했다.

한참 방황하면서도 한편으로는 안일한 마음이 있었던 것이 사실이다. 당시 아버지가 금융권에서 일하시고 집에 나름 여유가 있으니 원하는 것은 다 가질 수 있는 삶이었다. 그래서인지 어떻게든 될 거라고 막연하게 생각했다. 아무것도 모르면서 보수적인 성향이 강해지기도 했다. 그러다 사회에 의구심을 품고 새로운 길로 떠나게 된 하나의 계기가 찾아왔다.

별 계획 없이 시간을 흘려보내던 20대 중반 즈음 나는 아버지의 지인으로 템플턴 대학교의 교수라는 이를 만나게 됐다. 그분의 설명으로는 이 대학에서 글로벌 마케팅을 2년 동안 공부하면 학위가 나오고 국내 대학에도 편입이 가능하다고 했다. 딱히 대학에 대한 욕심은 없었지만 그렇다고 달리 할 일이 있는 것도 아니었고, 아버지가 워낙 걱정하다 보니 등 떠밀리듯 입학을 결심했다. 템플턴 대학교에 방문하여 학장을 만나 한 시간 정도 상담을 나누었다. 요지는 이 학교가 해외에서 건너왔으며, 타 대학으로 편입도 가능하고 정식 학위도 인정된다는 것이었다. 그런데 계속 얘기하다 보니 느낌이 어쩐지 좀 이상했다. '프로게이머 지인을 데려오면 인센티브를 주겠다'든가, '너도 노력하면 교수가 될 수 있다'는 식의 멘트가 이어졌다. 마음 한편은 어딘가 꺼림칙했지만 빨리 등록하면 할

인을 해준다는 말에 우선 수업부터 등록하게 되었다. 지금 생각하면 의심해야 하는 점이 한둘이 아니었는데, 그만큼 현실 물정을 잘 몰랐다.

그렇게 이상하다는 마음을 품은 채 수업을 듣고 있다가, 해외에 있는 지인을 통해 홈페이지에 나와 있는 대학교의 주소와 연락처에 대해 알아봐 달라고 부탁했다. 그런데 지인의 말로는 그 번호는 연락이 안 되며, 그 건물은 학교라기보다 가정집 같다는 것이었다. '아무래도 뭔가 아니다'라는 확신이 서면서 학교에 문제 제기를 했다. 다음 학기 등록금 환불을 요청하고 이전 학기에 대해서도 무효화하고 싶다는 의사를 밝혔다. 그러자 그때부터 학교 측 태도가 바뀌며 나를 이상한 사람으로 몰아가기 시작했다. 당시 영화 〈내부자들〉에서 기득권이 내부 고발한 사람을 오히려 문제 취급하며 사회에서 매장하려 드는 장면이 떠오르며 위기감이 느껴졌다.

학교 측에서는 툭하면 법을 운운하며 겁을 줬다. 심지어 한 번도 만난 적 없는 총장이라는 사람에게까지 전화가 걸려왔다. 나는 이미 총장에 대해서도 의심을 하고 있는 상황이었는데 그는 다짜고짜 무고죄를 들먹이며 협박을 하기 시작했다. 내 판단에 이 대학교는 사기를 저지르고 있다는 게 명확한 상황인데 합당한 설명도 아닌 협박이라니. 더 화가 났고 본격적으로 싸움에 돌입하기로 했다. 이제는 전쟁이었다. 이후 재판 과정에서 처음 대면한 총장은 무작정 법무부 배지를 들이밀며 협박하기도 하고 또 회유하기도 했다. 진실을 정당하게 증명하기보다는 자신이 그만큼 힘이 있는 사람이라고 과시하기 바쁜 사람이었다.

당시 해당 대학교에 재적 중인 학생이 수백 명이었는데, 같은 서울 지역에 있는 학생들에게 우선 이 사실에 대해 알렸다. 반응은 냉담했다. 학장 말로는 조금만 기다리면 정식 학교가 된다고 하는데 왜 긁어 부스럼을 만드느냐는 식이었다. 내가 돈을 노리고 문제를 키우고 있으니 신경 쓰지 말라는 학장의 말을 믿는 사람들도 많았다. 심지어 어떤 학생은 내게 "인생 그따위로 살지 말라", "돈이 필요하면 일을 해라"라는 등 대놓고 적대심을 드러내기도 했다. 나는 진실을 알려 주고 있다고 생각했지만 내 편이 아무도 없었다. 개인이 학교를 상대하는 것이 쉽지 않은 싸움이 되리라고 예상은 했지만, 상황이 이렇게 흘러가다 보니 마음이 복잡해졌다. 여전히 화가 났지만 한편으로는 외롭고 겁도 났다. 그래도 일단은 홀로 할 수 있는 일들을 찾아보기로 했다. 다행히 학교 실체를 알리기 위해 도움을 주던 내부 관계자와 지인들이 있었고, 덕분에 변호사의 조언까지 구할 수 있었다. 이 무렵부터는 템플턴 대학교 진상 규명에 모든 에너지를 쏟았다.

그 기나긴 싸움을 이어 가면서 정말 포기하고 싶은 순간도 적지 않았다. 하지만 오기로라도 끝까지 해보자는 결심을 하게 됐던 결정적인 사건이 하나 있다. 심적으로 지쳐 재판을 그만둘까 고민하던 무렵, 곁에서 힘을 보태던 친구와 함께 법원으로 향한 날이었다. 그런데 판사가 서류를 좀 뒤적거리나 싶더니 귀찮은 듯한 말투로 이렇게 말하는 것이다.

"황희두 씨, 아직 나이도 어리고 창창한데 이럴 시간에 스펙을 더 쌓는 게 도움이 되지 않겠어요? 합의할 수 있으니까 원만하게 합의하고 본인 새 인생을 준비하는 게 나을 것 같은데요?"

그 이야기를 듣자마자 상당한 충격을 받았다. 그전까지만 해도 법정에서는 공정하게 시시비비를 가릴 수 있을 것이라고 생각했다. 판사라면 정의로운 존재일 것이라 막연하게 기대했는데 현실은 아니었다(물론 모든 판사가 다 정의롭지 않다는 것은 아니다). 다짜고짜 나이를 운운하며 합의하라니, 허무하기도 하면서 한편으로는 오히려 승부욕이 생겼다. 나 역시 길어지는 싸움에 에너지가 고갈된 상태였지만 이대로 정의롭지 못한 현실에 굴복할 수는 없었다. 물론 적당히 합의하고 넘어갈 수도 있었겠지만, 그렇게 되면 또 다른 피해자를 양산하는 데 침묵하며 동의하는 꼴이었다. 그때 오랫동안 고민한 끝에 다다른 결론은 법 공부를 해야겠다는 것이었다. 법을 모르니 법정에서 무기가 없는 것과 똑같았다.

끈질기게 사건의 내막을 추적하고 진상을 파헤치던 중에, 한 기자분이 이 문제에 관심을 가지고 내용을 언론에 보도해 주었다. 한 시사 프로그램에서도 다뤄지면서 한순간에 여론의 관심이 모이기 시작했다. 템플턴 대학교가 실시간 검색어에 오르고, 학생들도 동요했다. 특히 방송을 타자 이후에는 탄원서가 쏟아졌다. 학생들은 엉터리 학교에 대한 보상을 받으려면 어떻게 해야 하느냐고 내게 앞다투어 묻기 시작했다. 마침내 최종적으로는 이 일에 정치권이 연루되어 있었다는 사실도 밝혀졌다. 템플턴 대학교의 실체는 정치와 종교 쪽과 얽혀 있는 일종의 사기 집단이었다. 이 사건은 학장과 총장이 징역을 가는 것으로 마무리되었다. 이런 진상을 밝히기까지 수년의 시간이 걸렸다.

처음 문제 제기를 했을 때 내가 돈을 노리고 괜한 문제를 일으키는 거라던 학생들은 외부 여론이 다르게 흐르자 나를 칭찬하고 영웅 대접을 했다. 대뜸 모르는 SNS 그룹에 초대되기도 했다. 인간으로서의 자연스러운 반응이라고 생각하긴 하지만 이들이 언제부터 내 편이었나, 왜 처음부터 내 외로운 싸움에 동참해주지 않았나, 인류애가 상실되는 마음은 어쩔 수 없었다.

지극히 상식적인 이야기를 해도 내 편이 없었던 경험을 하면서, 사람들의 생각을 바꾸고 설득하는 것은 생각보다 어렵고 시간이 많이 걸린다는 것을 깨달았다. 그때 장기적인 안목의 중요성에 대해서도 많이 느끼게 됐다. 정치권에 처음 들어왔을 때도 상식적으로 흘러가지 않는 일이 많으니 긴 호흡을 가지고 해나가야 한다는 조언을 많이 들었다. 실제로 경험한 바가 있다 보니 그 이유도 알 것 같았다. 과거를 돌이켜봐도, 누가 봐도 잘못된 일이라 한들 세상이 늘 정의롭게 흘러가는 것은 아니다. 더 막강한 기득권 카르텔과의 싸움은 당연히 더 힘들 수밖에 없다. 그러나 그때 내가 중간에 포기했다면 학교와 얽힌, 나를 비롯한 많은 학생의 인생이 또 지금과는 다른 방향으로 흘러갔을 테다. 이 일로 세상이 어떤 식으로 바뀌는지 조금이나마 체감했다. 동시에 내가 옳은 길을 향해 꿋꿋하게 나아간다면 무언가를 바꿀 수도 있다는 효능감을 얻은 경험이기도 했다.

여담이지만, 개인적으로는 당시 사건을 시큰둥하게 대했던 판사에게 고마운 마음도 남는다. 판사가 내 억울함을 알아줄 것이며 객관적으로 이 일을 해결해줄 거라는 기대, 법은 반드시 공정하고 정의로울 것이라는 기대가 깨졌기 때문에 오히려 내가 더 적극적으로 나서서 싸워야 한다고 결심했으니 말이다.

책임지는 자유주의자를 꿈꾼다

또래 청년들에 비해 내가 선택한 삶의 방향은 다소 독특하고 때로는 고단한 일도 많았다. 또 이는 자유로운 선택에 따른 대가라는 생각도 든다. 나는 어릴 때부터 유독 자유로운 삶을 꿈꾸고 동경했는데, 또래보다 조금 빠르게 직업을 결정한 것도 하고 싶은 게 생기면 무조건 해야만 직성이 풀리는 고질적인 성격 때문이기도 했다.

프로게이머가 된다고 했을 때 처음에는 아버지께서 반대하셨지만 무슨 고집이었는지 나는 절대 물러날 생각이 없었다. 영악하게도 결국 자식 이기는 부모 없다는 걸 알고 그렇게 버텼다. 아버지가 마침내 허락하셨을 때는 이제 눈치 보면서 게임할 필요가 없다는 생각에 세상을 다 얻은 기분이었다.

프로게이머가 된 후 몇 년 만에 아버지에게 당당하게 전화를 한 적이 있다. 프로가 되기 전 준프로게이머 평가전이라는 게 있는데, 그 대회에서 1등을 한 것이다. 아버지에게 전화해서 자랑했더니 덤덤한 말투로 "잘했다."라고 하셨지만, 그 너머 아버지의 기쁜 표정이 눈에 생생히 보이는 것 같았다. 사실 하고 싶은 건 어떻게든 꼭 해야 하는 기질은 다름 아닌 아버지를 닮은 모습이다. 아버지는 돌아가실 때까지 하고 싶은 건 원 없이 다 하셨기에, 아버지가 그리울 때는 그만큼 만족스러운 삶을 누리셨으리라는 걸 위안 삼기도 한다.

프로게이머를 은퇴하고 나서도 어떻게 살아야 할지 여러 고민이 많았다. 나뿐만 아니라 많은 사람들이 자유롭고 다양성을 존중받는 삶을 원하지만, 막상 선택의 기회가 주어졌을 때 뭘 해야 하는지 모르는 경우가 많다. 어릴 때부터 개개인의 성향과 관계 없이 학교라는 집단을 거치고 취업 준비를 하면서 원래 품고 있던 개인의 꿈과 열정이 사그라지는 일이 적지 않다. 내가 뭘 잘하고 못하는지 고민하고 부딪칠 만한 기회나 시간이 없다. 그저 취업 직전까지 독서실에서 시간을 보내는 것이 현실이다. 그런 획일적인 분위기 속에서 여전히 청년들의 창의성을 요구하는 것도 아이러니한 일이다. 자신에게 맞는 각자의 다양한 삶이 각각 존중받는 사회를 원하는 만큼, 나 역시 눈앞에 놓인 선택지를 택하기보다는 나만의 길을 만들어 가고 싶었다. 뒤늦게 대학을 따라가기보다 남들이 해보지 않은 도전을 하고 싶었고, 잔잔한 강보다는 거친 파도 같은 삶이 내면을 울렸다. 몇 년 전, 열암 송정희 선생님을 만났을 때 나에게 '청도'라는 호를 지어 주셨는데, 푸른 길을 만들어 가라는 의미가 담겨 있다. 당시에는 별 감흥 없이 들었지만 내 삶과 잘 맞아떨어져 신기하다.

다만 자유롭게 살면서도 내 삶을 책임지기란 생각보다 쉽지 않았다. 때로는 책임지는 게 두렵기도 했다. 성인이 되기 전에는 부모님이나 내가 속한 집단에서 그어 놓은 테두리 안에서 안전하게 자유를 누렸다. 그런데 성인이 되니 그 선이 어디에 그어져 있으며 어디까지 넘나들면 좋은지 나 자신도 가늠하기 어려울 때가 많아졌다. 갑작스레 정치권에 발을 들여 정신없이 활동하다 보니 내가 가는 길의 방향, 내가 하는 발언에 대한 논리와 근거, 그리고 내가 주장하는 의견에 대한 책임까지 실제로 체감하는 무게가 적지 않았다.

어디부터 어디까지가 개인이 누릴 수 있는 자유인지 파고 들어가면 정의를 내리기 어렵지만, 확실한 것은 자유에는 책임이 따른다는 점이었다. 실제로 우린 타인에게도 남한테 폐를 끼치지 않되 책임질 수 있는 범주에서 자유를 누리라고 요구한다. 하지만 온라인에서는 이와 다른 상황들이 수없이 벌어진다. 자신의 욕망을 타인에게 투영하여 그의 삶을 좌우하려 하거나, 개인의 가치관을 바탕으로 상대를 무시하며 헐뜯고, 더 나아가 자신이 가진 걸 갖지 못한 사람을 조롱하거나 비난하는 것까지 자유라고 볼 수는 없다. 그저 말을 뱉는 것은 쉽다. 남이 하는 일을 비난하는 것도 마찬가지다. 그렇게 표현의 자유라는 명목으로 던져지는 악플이 온라인에는 넘쳐난다. 책임질 일에는 앞장서지 않지만 자신의 마음에 들지 않는다면, 남을 평가하는 위치에 서서 쉽게 지적하고 비난하는 것이다.

나 역시 한계 없는 자유가 넘실대는 온라인상의 악플에 상처를 받은 적이 있다. 하지만 설령 악플이 쏟아지거나 비판받을 걸 알더라도 소신 있게 내 주장을 펼치고 싶었다. 말처럼 쉬운 일은 아니지만, 한계를 긋고 비겁해지기보다는 욕을 먹더라도 떳떳하게 살고 싶다는 생각을 했다.

이제는 온라인도 또 다른 하나의 세계다. 아니, 온라인을 현실과 완전히 분리하는 것은 불가능한 세상이다. 온라인상에서 우리는 또 다른 페르소나를 드러내기도 하고, 일명 '부캐'를 이용해 지금 하는 일과 전혀 다른 새로운 도전을 해볼 수도 있다. 그러나 한편으로는 익명성을 바탕으로 무수히 쏟아지는 정보와 가치, 감정들의 파도 속에서 헤매게 될 위험성도 인지해야 한다. 내 안에 있는 것을 무작정 쏟으며 살아간다고 한들 자신의 기준이나 가치관이 없다면 자유롭다고 할 수 있을까.

광활한 우주 속에서 지구는 참 작은 행성이고, 그 안에서 인간은 고작 100년을 살아간다. 때로는 무엇을 위해서 다투는지 허무하기도 하고, 그러다가도 참을 수 없는 부당함에 분노하기도 한다. 이 넓고도 좁은 세계에서 다양한 감정이 넘실대는 가운데 조금씩 내 자리와 역할을 찾아가는 것이 결국 삶이 향하는 방향이 아닐까. 정치권을 보고 있으면 어디를 봐도 마음에 차지 않고, 실망과 좌절을 반복하다가 결국 신경을 끄고 살자는 답을 내리게 될 수도 있다. 그럼에도 내가 끊임없이 발언하고 설득하는 이유는 추구하는 가치와 이상에 대한 기대를 여전히 간직하고 있기 때문이다. 그것에 가까워지기 위해서 조금이나마 작은 역할을 하고 싶다.

설령 눈앞에 놓인 길이 탄탄대로가 아니더라도, 앞선 발자취 없이 암벽과 잡초로 뒤덮여 있는 험한 길이더라도 나는 내 눈으로 똑똑히 내가 처한 현실을 바라보고 싶다. 그리고 내 의지로 그 길을 택한 것에 대해 스스로 책임지는 삶을 살아가려고 한다.

2

당신은 무엇을 믿고 싶은가

– 좌절에서 벗어나 할 수 있는 역할을 찾는 일

작은 거인을 만나다

20대 초반에 프로게이머를 은퇴하고 사실상 백수 생활을 시작했을 때, 처음에는 정말 좋았다. 성적이 매겨지지 않는 게임은 더 재미있었고, 학교도 직장도 나가지 않는 텅 빈 시간이 무한대로 밀려들었다. 하지만 시간이 지날수록 초조해지기 시작했다. 티비에서 동료들이 현장의 열기 속에 잘나가는 모습을 보면 난 여기서 뭘하고 있나 하는 새로운 열등감과 좌절감도 밀려들었다.

정신을 차리고 취업 준비라도 해야 할 텐데, 막상 그러지도 못하고 매일 친구들과 술이나 마시다 아버지와 마주치지 않으려고 새벽 늦게서야 귀가하는 일상이 반복됐다. 한편으로는 머리를 비우기 위해 그렇게라도 하지 않으면 공허함을 견디기 힘들었다. 내가 더 노력했다면 어땠을까? 지금이라도 다시 시작할까? 끝없는 후회만 반복하다 보니 나 혼자 한참 뒤처져 있는 것 같았다. 대학 다니는 친구들도, 게이머 동료들도 다들 나름대로 행복해 보여 부러웠다. 마음 속에 열등감 덩어리를 눈덩이처럼 굴려 부풀리면서 문득 생각했다. 나는 항상 지나간 해를 후회하는구나. 실제로 현실을 바꾸기 위해 행동하지는 않으면서 물욕과 명예욕은 커져 갔다. 대기업 재벌 아들로 태어났으면 어땠을까? 허황된 욕심이 불쑥불쑥 고개를 들기도 했다.

그렇게 인생을 허비하다 전역 후에는 아버지가 하시는 고깃집에 종종 나가서 일을 도왔다. 그런데 어느 날, 허름해 보이는 어떤 할아버지가 오셨는데 아버지가 그분을 극진히 모시는 모습을 보고는 놀랐다. 양복 입고 좋은 차를 타고 다니는 사람들은 당연히 깍듯하게 대해야 하겠지만, 풍채만 봤을 때는 그저 키 작은 할아버지 같았는데 왜 그분을 이렇게 정성껏 대접하는 걸까? 철없는 나로서는 그저 의문이었다. 아버지

뿐 아니라 다른 사람들도 그분이 지나가면 나와서 인사를 하고 다정하게 말을 건넸다. 당시 돈이나 권력이 인생의 잣대라고 여겼던 나로서는 그분이 '대기업 회장님'쯤이 아니라면 이해할 수 없는 일이었다.

알고 보니 바로 그분이 풍운아, 건달 할배로 유명한 채현국 선생님이셨다. 그리고 이날이 내 인생을 바꿔준 영원한 멘토와의 첫 만남이기도 했다. 그때의 나로서는 도저히 알아들을 수도 없는 말씀인데 주변 사람들이 감탄하고 따르는 것을 보며 돈이나 권력 이상의 무언가가 더 있는 건지 궁금했다. 처음에는 인터뷰나 책을 찾아 읽어 보다가, 아버지에게 선생님과 대화해 보고 싶다고 부탁드려 운 좋게 많은 말씀을 들었다. 그렇게 그분의 철학에 대하여 더 많은 걸 알아갈 수 있었다.

채현국 선생님은 1935년에 대구에서 태어나셨는데, 서울대 철학과를 졸업 후 PD가 되었다가 이를 그만두고 흥국탄광을 운영했다. 덕분에 거부가 되어 세금 납부 2위까지 할 정도로 돈을 많이 벌면서 어느 순간 돈 버는 재미를 느끼셨다고 한다. 하지만 그 무렵 독재 정권이 들어서며 조공을 해야 하는 상황까지 오자 이에 심한 부조리를 느끼고 과감히 모든 재산을 직원들에게 나눠주며 하루아침에 회사를 정리했다. 이때 직원들에게 퇴직금을 3배까지 주면서도 "나눠준 게 아니라 돌려준 것"이라 표현했다고 한다. 현재도 마찬가지지만, 정경유착이 당연시되었던 시대적 배경을 감안하면 놀라운 일이다. 권력과 돈 버는 맛에 중독되는 본인이 싫어서 은퇴 후 자유인의 길을 택했다는 이야기가 충격으로 다가왔다.

군사 정권 시절에는 민주화 인사들에게 집과 자금을 내주었다는 일화도 있다. 개인적으로는 몇 년 전 보수당 의원을 만난 적이 있는데, 그가 채현국 선생님과 통화하는 내내 시종일관 겸손했던 모습이 인상적이었다. 진보와 보수, 정치적 성향을 떠나 많은 사람들이 '인간' 채현국을 따른다는 사실을 새삼 느낄 수 있었다.

과연 내가 과거의 채현국 선생님과 같은 상황이었다면, 모든 재산을 정리하고 민주화 운동을 도울 수 있었을까? 나의 정의감이 탐욕을 이길 수 있었을 것인가? 막상 그 상황에 놓인다면 누구든 결코 쉽게 실천할 수는 없었을 것이라고 본다. 채현국 선생님의 족적과 짧은 만남 속에서도 나는 인생의 깊은 철학을 배울 수 있었다. 그동안 돈을 최고의 가치라 여기며

좇던 내 사고방식을 변화하게 만든 중요한 계기이기도 했다.

"돈 버는 게 어떻게 인생의 의미이고 목적이 되겠습니까. 돈이란 놈은 버는 맛을 느끼면 쉽게 헤어나질 못합니다."

언젠가 채현국 선생님께서 나에게 하신 말씀이다. 물론 우리가 살아가면서 돈을 아예 생각하지 않을 수는 없을 것이다. 하지만 돈이 과연 나의 전부가 될 수 있는지, 내게 최고의 가치가 진정 돈인지 다시 한번 생각하게 됐다. 아무것도 하지 않고 허황된 꿈만 꾸며 제자리 걸음을 하고 있었던 이유는 결국 돈이라는 결과만을 생각했기 때문이 아니었을까.

덕분에 새로운 목표가 생겼다. 직업적인 목표는 아니지만, 좋은 어른을 멘토로 삼아 새로운 삶의 장을 시작하고 싶었다. 겉으로 보이는 화려한 모습만이 성공의 잣대라고 생각했는데, 인생에 새로운 철학을 접하면서 겉이 아니라 내실이 단단한 작은 거인들이 있다는 사실을 알게 된 것이다. 채현국 선생님에게는 '인사동 낭인들의 활빈당주', '가두의 철학자', '당대의 기인' 등 많은 수식어가 따라다닌다. 나는 그중에서도 '오척단구 거한'이라는 별명을 좋아한다. 나의 신체 조건을 당장 바꿀 수는 없지만, 내면은 얼마든지 바꿀 수 있다는 희망을 찾았다. 강해지기 위해서는 물리적인 힘을 키우거나 돈과 권력을 갖추어야 한다고 생각했다. 그런데 채현국 선생님의 이야기를 들은 후에는 무엇보다 내면의 성장이 가장 중요하다는 것을 배웠다. 겉으로는 대단치 않더라도 내면이 꽉 차 있는 것이 얼마나 그 사람을 커 보이게 하는 일인지 깨달았다. 나에게 '멋있다'는 기준이 바뀐 시기였다.

평소 채현국 선생님은 내 입장에서는 다소 난해한 말씀을 많이 하셨다. 과거에는 철학에 대해 부정적이었기에 때로는 거부감까지 들기도 했다. 그랬던 내가 어느 순간부터 본격적으로 철학에 관심을 갖기 시작했고, 그러고 나니 나의 무지에서 나온 과거의 오만이 부끄럽기만 했다. 그래도 잘했다고 생각하는 점은 당시 선생님의 말씀을 이해하지 못하면서도 열심히 받아 적기는 했다는 것이다. 그 말씀들은 시간이 흐르며 하나씩 피와 살이 되어 내게 스며들었다. 일명 '라떼는'을 입에 담기 시작하면 꼰대라고 하는데, 선생님은 절대 자신의 생각을 강요하지 않으셨다. 아마 시간이 지나면 언젠가 이해하게 될 거라는 확신이 있었던 것이 아닐까. 침 튀기며 본인의 이념을 설파하고 상대를 설득하고자 하는 수많은 사람들과 정확히 대비되는 모습이다. 물론 나 또한 이에 포함되고 말이다.

한번은 선생님께 인생의 성공에 대해 여쭙자 "성공의 반대는 실패가 아닌 포기다. 포기만 안 하면 모든 건 다 해결된다."라는 말씀을 하셨다. 이 역시 공감이 갔다. 더불어 최근에 더욱 와닿게 된 말씀은 "기운신 장사도 죽을 맛이란 걸 모르고 기운 없는 사람들은 본인만 그런 줄 안다. 기운신도 죽을 맛인데 창피하기도 하니 강한 척한다는 걸 사람들은 잘 모른다"라는 조언이다.

나도 주변에서 수많은 기운신들을 만나봤다. 처음에는 모두 강한 듯 보이지만 시간이 지날수록 허상은 드러난다. 어느 순간에는 각자 다른 이유로 소멸되는 모습도 자주 보게 됐다. 이 시대에 기운신은 극히 드물 것이다. 하지만 내게 채현국 선생님은 이 시대의 보기 드문 기운신이자, 돈과 권력으로 모든 걸 지배할 수 있다고 믿었던 과거의 나를 성장시켜주신 존경하는 어른이다. 사실 채현국 선생님께서는 이러한 글을 꺼려하시지만, 그럼에도 사람들에게 내가 느낀 깨달음을 전하고 싶었다. 또한 부조리한 세상을 이처럼 자신만의 철학으로 이겨 나갈 수 있다는 작은 용기를 건네고 싶다.

나는 새 우물을 파는 사람

아버지는 금융계를 은퇴하고 수필가로 활동하셨다. 나는 책은 이미 과거고 죽어 있는 것이라는 희한한 소신을 내세우며 아버지의 책은 물론 책 자체를 거의 읽지 않았다. 하지만 내게 롤모델이 되어 주신 채현국 선생님의 책을 시작으로 아버지의 책도 읽고, 점차 책 속에서 새로운 세계를 접하기 시작했다. 내면의 변화가 한순간에 이루어질 리는 없겠지만, 새로운 세계를 배우고 주변 어른들과도 대화를 나누며 성장하는 과정에서 나의 기반이 되어준 것은 바로 책이었다.

특히 이어령 선생님의 《지의 최전선》, 유시민 작가님의 《유시민의 공감필법》을 읽은 후 책에 대한 생각이 완전히 달라졌다. 《지의 최전선》을 통해서는 글만으로 과거와 미래, 전 세계를 자유자재로 넘나들 수 있다는 걸 깨달았고, 거기에 재미까지 더해 지식을 쉽게 전달할 수 있다는 걸 느낄 수 있었다. 《유시민의 공감필법》을 통해서는 나도 한 권의 책을 완독할 수 있다는 확실한 자신감을 얻었다. 그동안은 독서에 대한 막연한 불안감과, 이를 회피하기 위한 정당화를 해왔던 걸 알게 되었다.

본격적으로 더 많은 책을 읽고 싶어졌다. 아버지의 책도 하나둘씩 읽어 보며, 점차 내가 몰랐던 새로운 세계를 접하기 시작했다. 더 이상 환상을 좇으면서 사는 것이 아니라 현실 사회에 기여할 수 있는 사람, 내실을 채우고 소신껏 사는 사람, 진짜 내면이 멋있는 사람이 되고 싶어졌다. 가벼운 이야기만 나누던 친구들과도 어느 순간 독서 후 진지한 이야기를 나누기 시작했고, 그렇게 일상도 변해 갔다.

그중 이어령 선생님의 책을 다 찾아 읽으면서 팬이 된 나는 꼭 한번 직접 뵙고 싶은 마음에 수소문을 하며 접점을 찾아

봤다. 한번 원하는 목표가 생기면 그것을 이룰 때까지 집요하게 달리는 성격이라 나름대로 몇 년 동안 꾸준히 시도해 봤는데 도저히 기회가 나질 않았다. 그러던 중 '한중일비교문화연구소'라는 곳에서 이어령 선생님의 공식 강의 일정이 있다는 것을 알게 됐다. 지금 생각하면 무슨 객기였는지, 연락을 취해 무턱대고 찾아가 거기에 있는 직원분께 명함을 드리며 이어령 선생님의 팬이라고 밝혔다. 그분은 당연히 처음에는 당황하시며 신기한 것을 보는 듯한 눈으로 보면서 감사하게도 선생님 옆에 내 자리를 내어 주셨다.

그렇게 이어령 선생님과 처음으로 대면할 수 있는 기회가 생겼다. 그날은 강의만 듣고 짧게 인사만 드리고 왔는데, 어찌 보면 무턱대고 당돌하게 찾아온 청년이 선생님 입장에서도 기억에 남으셨던 것 같다. 몇 달 후 정식으로 연락을 취해 선생님의 연구실로 찾아가 다시 한번 이런저런 이야기를 나눌 수 있게 됐다.

그때 가장 기억에 남는 말씀이 있다. 선생님의 책에서도 강조하셨던 것처럼, 360명이 있다면 그들이 모두 360도 각각 다른 길로 가야 한다는 것이다. 주입식 교육으로 똑같이 줄 세우면서 '넘버 원'만 추구하는 것이 아니라 그 모두가 '온리 원'이 되어야 청년들의 창의성을 더욱 키워줄 수 있다는 말씀이셨다. 그 말씀이 프로게이머라는 길을 선택해 다른 길을 걸어온 내 이야기처럼 느껴져 더 인상 깊게 와닿았다. 선생님께서도 이러한 내 삶과 도전이 매우 큰 의미가 있다고 격려해 주신 기억이 난다.

객관식으로 주어진 답을 택하는 것이 아니라 하고 싶은 일을 찾아서 하다 보니 또래들과는 가는 방향이 달라지기도 했다. 프로게이머라는 길을 선택하고 그걸 잘하기 위해 학교를 포기하며 남들과는 다른 길을 가기로 결정했을 때 주변에서는 '그래도 대학은 가야 한다'고 강조하며 날 채근했다. 걱정하는 마음은 알지만 그렇다고 단번에 납득하기도 어려운 조언이었다. 타인의 시선과 세상의 기준에 맞춰서 내 삶을 움직이고 싶지는 않았다. 무엇이 맞고 틀리다고는 할 수 없겠지만, 스펙을 쌓고 경쟁하기보다는 그 테두리의 바깥으로 나와 새로운 길을 만드는 게 내게 맞는 방향이라고 생각했다.

사실 나도 대한민국 사회에 살아가며 학벌에 대한 열등감과 불안감이 아예 없을 수는 없었다. 누군가는 그걸 이유로 여전히 나를 무시하거나 욕하기도 한다. 하지만 선생님과의 대화로 나의 삶이 틀리지 않았다는 확신을 얻을 수 있었다. 나는 스스로 우물을 파는 사람이고, 누군가 그 우물에서 물을 마실 때 새로운 우물을 파러 간다. 어떻게 보면 감히 이어령 선생님의 삶과도 비슷한 부분이 있지 않은가 생각했고, 실제로 이어령 선생님도 내가 가는 길을 기특한 눈으로 봐주셔서 더욱 영광스러운 만남이었다. 이후에도 종종 선생님과 교류하면서 나눈 이야기가 내 인생에서 자존감을 높여주는 큰 자양분이 되었다. 선생님께서 내게 20대 청년과 80대 어른의 대화를 주제로 같이 책을 써보자고 제안해 주신 기억도 있다.

옛날에는 어른들이 종종 "가만히 있으면 중간은 간다"고 얘기하던 기억이 난다. "모난 돌이 정 맞는다"는 속담도 있다. 남들이 하는 대로, 최대한 남들과 비슷하게 해야 튀지 않고 무난하게 살 수 있다는 우리나라의 보편적인 정서가 드러나는 이야기다. 그래서 어릴 때부터 우리는 모두가 가는 길을 따라가야 한다고 배웠다. 초·중·고를 졸업하면 대학을 가고, 대학 졸업 후에는 취직을 하고, 그다음에는 결혼을 하고 아이를 낳고…. 그 경로를 벗어나면 어딘가 부품 하나가 잘못 끼워진 기계를 보듯 이상한 취급을 받기 일쑤였다. 하지만 내 성향을 무시하고 그저 다수를 따라 길을 걸어갔을 때 우리는 행복해졌나? 요즘은 많은 청년들이 SNS나 1인 미디어 등을 활용해서 자기만의 독자적인 색깔을 적극적으로 드러내는 시대다. 가만히 남들을 따라 '중간은 가는 삶'이 내 행복과 직결되지 않을 수도 있다는 것을 이제 우리는 알고 있다.

채현국 선생님이 이런 말씀을 하신 적이 있다.

"옳고 그르다는 주장을 할 수는 있지만 절대로 옳고 그른 것은 없습니다. 있다고 한들 우리 인류 전체가 합의한 기준일 뿐이지, 실제로 옳고 그른 게 있는 것이 아닙니다. 그러니 기죽지 말고 삽시다. 옳고 그르다는 잣대는 힘 있는 사람들이 우리를 저항하지 못하게 하려고 써먹는 제일의 무기입니다."

내면을 단단하게 기르고 내 길을 정하기 위해서는 스스로 생각하고 판단해야 한다. 남들이 어떻게 하는지 찾는 검색이 아니라 내면을 향해 물어보는 사색을 해야 한다는 것이다. 소크라테스도 사색을 했고, 빌 게이츠도 2주씩 생각하는 주간을 갖는다고 한다.

게임을 처음 배우던 시절에는 아무 생각 없이 그저 게임 횟수만 늘리는 데 급급했다. 주변 선배들이 내게 '생각 없이 게임을 한다'고 조언하기도 했는데, 그때는 오기를 부리느라 조언을 받아들이지 않고 여전히 손이 가는 대로 게임을 했다. 자연히 패배로 인한 스트레스만 쌓였다. 아무 생각 없이 게임을 하다 보면 내가 어떤 이유로 불리한 상황에 놓였는지, 다음에 같은 상황에서는 어떤 전략으로 상대방의 전략을 파훼해야 하는지 등 다음 단계로 발전해 나가기 어렵다는 걸 나중에야 깨달았다.

삶도 마찬가지일 것이다. 지금 걸어가고 있는 방향이 보편적인 기준에서는 이상하게 보일 수도, 뒤처진 것처럼 여겨질 수도 있지만 나는 내가 생각하고 스스로 정한 길, 내가 믿는 길을 가기로 했다. 나는 여전히 내 손으로 직접 내가 마실 우물을 파고 싶다.

청년세대와 기성세대 사이

나는 어릴 때부터 어른들과 함께하는 시간이 많았고, 또 아버지를 통해서 많은 인연을 맺기도 한 케이스다. 아버지 지인분들과 함께 등산도 가고, 산에서 내려오면 돗자리를 펴고 막걸리도 한잔 나눠 마시곤 했다. 아마도 나처럼 기성세대와 청년세대가 거리낌 없이 어울리거나 스스럼없이 배움을 청하는 경우가 흔한 일은 아닐 것이다. 더구나 최근에는 세대 간 갈등과 혐오를 담은 신조어들까지 쓰이면서 세대 간의 간극은 점점 더 멀어지고 있는 듯하다. 이제 유행처럼 되어 버린 'MZ 세대'라는 지칭도 오히려 기존 세대와 젊은 세대의 차이에 대해 극단적인 프레임을 씌우는 부분이 있지 않나 싶다.

하지만 실제로 아버지 세대의 어른들과 접하면서 느낀 건 그분들은 그저 내가 청년이라는 이유만으로 예뻐하고 환영해 준다는 것이었다. 이전까지는 어디서도 이렇게 이유 없이 환대받은 적이 없는데, 그게 참 감사했다. 물론 사회에 나와 보면 막무가내로 '라떼' 시절의 경험을 강요하여 반발심을 불러일으키는 경우도 많지만, 오히려 청년들의 삶을 돕고 싶어 하는 기성세대들도 많았다.

요즘 많은 청년이 일자리는 물론이고 삶의 목적에 대해서 어려움과 혼란을 느끼고 여러 가지 스트레스를 받는다. 기성세대가 겪었던 삶과는 다르지만, 그럼에도 기성세대의 경험을 바탕으로 시행착오를 줄일 수 있는 경우가 적지 않을 것이다. 누군가는 도움을 주고 싶어 하고 누군가는 도움이 필요하다면 니즈에 따라 양쪽을 연결할 수 있지 않을까? 어른들의 경험과 생각을 청년들과 공유할 수 있는 기회가 있으면 좋겠다는 생각이 들었고, 두 세대를 연결하는 중재자가 있다면 서로 서서히 가까워질 수 있으리라는 희망과 기대를 갖게 되었다.

그러면서 내가 그 중간 지점에 있을지도 모르겠다는 생각이 들었다. 공부를 싫어하는 학생과 공부를 강요하는 부모는 상극처럼 보이지만, 서로 다른 언어로 이야기하고 있을 뿐 결국 더 나은 미래를 원한다는 공통점이 있다. 물론 목표하는 바가 같다고 해도 각자의 입장만 이야기하다 보면 갈등은 더 깊어진다. 나는 프로게이머 출신이다 보니, 게임에 대한 기성세대와 10대 청소년 사이의 입장 차이를 자주 접한다. 게임에 대한 이야기가 나오면 많은 어른들이 "어쨌든 게임 많이 하지 마라."라는 반응을 보인다. 게임 자체에 대한 이해나 순기능보다 게임 중독에 대한 부정적인 인식이 만연한 탓이다. 하지만 잘 들여다보면 분명히 각각 납득할 수 있는 이유가 있다. 다만 그 사이에 번역이 제대로 이루어지지 않아 소통이 단절된다. 누군가 소통을 돕고 밸런스를 맞춰 준다면 서로를 이해하기 더 쉬워질 수 있다.

마찬가지로 다양한 연령과 성향을 가진 사람들 사이에서 내가 하나의 퍼즐 조각이 되어 그들을 이어 주고 싶었다. 실제로 어르신들과 청년들 사이의 자리를 만들어 보면 서로 떨어져 있을 때는 무슨 이야기를 해야 할지 막연히 어렵다고 생각하지만, 막상 대화하면 서로에게서 분명히 배우거나 느끼는 것들이 있었다. 나처럼 기성세대 어른들을 멘토로 삼고 싶어 하는 청년들도 있다. 물론 그 방식이 일방적인 훈육과 가르침이거나 일방적인 반발뿐이라면 와닿지 않을 것이다. 아무리 옳은 가치관과 역사관을 가졌다고 해도, 심지어 그것이 '팩트'라고 할지라도 이를 근거로 상대를 다그치고 강요하는 것은 아무런 도움이 안 된다. 오히려 점점 거부감을 갖고 관심이 멀어지는 역효과만 날 수 있다.

요즘 젊은 세대는 온라인을 통한 소통에 매우 익숙하다. 자주 가는 커뮤니티를 통해 일상 속 스트레스를 풀고, 소통하며 정보를 공유하기도 한다. 정치적인 콘텐츠를 일부러 찾아서 보지는 않지만 짧고 유쾌한 'B급 감성'으로 녹인 콘텐츠는 비교적 쉽게 수용한다. 청년층과의 교류를 위해서는 세대의 소통 방식에 대한 기본적인 이해가 필요하다.

그래서 기성세대와 청년세대 사이의 소통은 한쪽의 일방적인 강요나 가르침이 아니라 이해와 공감을 바탕으로 나아가야 한다. 서로 경험하지 못한 각각의 세계를 대화를 통해 확장해 나가고 더 의미 있는 결실을 맺을 수 있도록 나는 길 위에서 작은 안내판이 되고 싶다. 이후 '청년문화포럼'을 만든 것도 기성세대와 청년세대의 가교 역할을 하고 싶다는 바람에서 출발했다. 그 작은 연결고리가 생각보다 꽤 많은 걸 바꾸는 열쇠가 될 수 있다고 믿는다.

청년 정치인은 필요한가

전 국민의 관심이 집중적으로 모이는 대선 기간이 되면 가족이나 친척 모임에서 은근한 갈등이 발생하는 경우가 적지 않다. '누구를 뽑으라'고 대놓고 강요하는 경우도 있지만, 각자 생각하는 세상과 바라는 정치가 다르거나 혹은 아예 정치 이야기에 귀를 막고 싶은 사람들도 있다. 그러니 정치 이야기가 건강한 토론으로 이어지는 경우는 흔치 않다. 우리나라 정치인들의 평균 연령대가 높은 편이기 때문인지 정치는 아예 청년들과 상관없는 어른들의 사정으로 치부해 버리기도 한다.

역사나 정치의 필요성을 강조한다고 한들 마음이 닫혀 있으면 그 모든 게 듣기 싫은 꼰대 소리일 뿐이다. 게임이나 정치뿐 아니라 스포츠, 유튜브, 뷰티, 문화 등 분야별로 세대 간 관심 정도나 인식 차이가 있어 서로를 깊이 있게 이해하기가 쉽지 않다. 정치권 안팎의 입장 차이뿐 아니라 이처럼 세대 간 갈등이나 성별 갈등 등도 극단적으로 치달아 있는 상황이라 같은 언어로 이야기하는데도 서로가 전혀 다른 세상을 살고 있는 것처럼 느껴질 때도 많다.

청년세대와 기성세대 간의 단순한 소통을 넘어 정치적인 교류까지도 과연 가능할까? 대다수 청년들이 '정치'에 대한 관심이 많지 않다. 청년세대의 삶이 희망적이지 않다는 좌절감을 느끼면서도 직접 앞장서서 발언하거나 정치적인 변화를 꾀하려고 나서지는 않는 것이다. 여러 이유가 있겠지만 기본적으로는 정치권과 기성세대를 향한 불신이 오랫동안 쌓여 왔기 때문이라고 본다. 그러다 보니 정치권 밖에서는 현실 정치에 참여할 수 있는 벽이 너무 높다는 느낌도 받게 된다.

하지만 이처럼 세대의 간극이 넓어질수록 정치에 대한 청년들의 관심은 더욱 소중하고 또 필요하다. 내 이야기를 어떻게 타인에게 전달할 것인가, 어떻게 정서적 일체감을 공유할 것인가, 어떻게 청년들이 객체가 아닌 주체로서 존중받는 사회를 만들어갈 것인가에 대한 꾸준한 소통이 다음 세대의 발전을 꾀할 수 있다. 특히나 이를 가능케 하는 데 중심이 되는 역할을 하는 건 세대 간 차이를 이해하고 청년들의 입장을 표현할 수 있는 청년 정치인들이라고 본다.

우리나라 지역구 국회의원 당선인 평균 연령을 살펴보면 12대 이후로 쭉 50대를 유지하고 있고, 17대 50.8세에서 20대에는 55.7세로 갈수록 고령화되는 추세다. 21대에서는 54.9세로 조금 낮아졌지만 여전히 우리나라는 세계적으로 정치인의 평균 연령이 매우 높다. 인구 전체가 고령화되고 있기 때문이라기엔 21대 총선 기준 2030 세대(만 18세~39세)가 우리나라 전체 유권자 중 약 34%를 차지하는 데 비해 2030 국회의원은 단 4.3%에 불과하다. 유럽 국회의 경우 대체로 40대가 많고, G20 국가 중에서 우리나라보다 국회의원 평균 연령이 높은 나라는 미국과 일본 두 국가뿐이다.

물론 특정 연령대의 정치인이 해당 연령대의 욕구만을 대변하는 것은 아니다. 하지만 청년들의 삶과 그들에게 필요한 가치, 문화, 언어를 온전히 이해할 수 있는가 하면 의구심을 가질 수밖에 없다. 실제로 청년들을 위한답시고 탁상공론식으로 내놓는 법안이 오히려 청년들을 분노하게 하는 일도 자주 일어나지 않는가. 기성세대의 기준과 시선에서 밀레니얼, MZ 세대는 개인 중심적이고 이기적이라는 식의 프레임도 바뀔 필요가 있다. 청년들의 목소리를 가장 생생하게 전할 수 있는 것은 바로 청년, 그 당사자일 수밖에 없다.

하지만 우리나라 정치권에서는 젊은 청년 정치인을 신뢰하지 않는 목소리가 많다. 물론 연륜 있는 기성 정치인들에 비해 부족한 부분이 있을 수 있다. 하지만 청년들은 기성세대와 전혀 다른 문화를 향유하고 있다. 싸이월드부터 시작해서 각종 SNS나 덕질 문화, E스포츠 등 트렌디한 콘텐츠에 익숙할 뿐 아니라 자주 사용하는 언어나 감각이 있기 때문에 그걸 이해하는 청년 정치인들이 꼭 필요하다. 단언컨대 틱톡, 유튜브만 보더라도 트렌드를 이끌어가는 청년 능력자들이 차고도 넘친다. 중학생 한 명이 수만 명의 팔로워를 거느리고 사회에 막대한 영향을 끼치고 있는 게 현실이다.

누구든 처음부터 완벽할 수는 없다. 그렇다고 해서 청년 정치인이 무작정 불필요하다고 할 수 있을까. 실수하고 부족하더라도 반성하고 변화하는 태도가 있으면 충분하다고 본다. 지금이 바로 청년들이 시대적 변화를 이끌어내고 '청년들의 발언권'이 커질 수 있는 유일한 기회를 가진 시대다. 다만 나이가 젊다는 사실만으로 대중들에게 어필하는 건 별로 큰 도움이 되진 않는다. 내 역량을 어떻게 보여줄 것인가를 함께 많이 고민해야 한다. 쉽지 않은 문제이지만 현실 정치를 하려면 누구보다 열심히 해야 할 고민이다.

움직이지 않으면 아무도 절박함을 알아주지 않는다

당장 눈앞에 닥친 현실을 살기도 바쁜 사람들에게 무작정 정치에 관심을 가져 달라고 요구하는 말은 정치인들의 게으른 외침에 불과하다. 관심을 갖기 위해서는 정치에 효능감을 느낄 수 있어야 한다. 특정 사안에 대해서 정치권에서 공방이 벌어져도 그것이 내 문제와 직결된다고 느끼지 않으면 시선을 돌릴 수밖에 없다. 또 언론이나 포털에서 오히려 정치에 관심을 갖지 않도록 분위기를 조성하는 것도 분명히 영향을 준다.

최근 들어 많은 청년이 조금씩 정치에 관심을 갖고 있다.

특히 지난 대선 과정에서는 2030 청년들이 후보들의 스토리에 관심을 가지고 일종의 정서적 일체감을 형성했다고 본다. 나와 전혀 동떨어진 이야기가 아니라, 내가 바라는 세상을 만들어가야 한다는 필요성 그리고 무엇보다 절박함이 있었던 것이다.

단호하게 말하자면 청년은 물론이고 궁극적으로 모든 국민들은 정치에 관심을 가져야 한다. 여야를 떠나 정치인들은 당장 표에 직결되지 않으면 실행에 옮기지 않는 경우가 대부분이다. 달콤한 말로 의지 표명은 하면서도 현실적으로 표에 영향을 주지 않는다고 생각하면 움직이지 않는다. 그도 그럴 것이, 전국에서 오만 가지 안건과 민원이 들어온다. 그중에서 누가 우선순위가 될 것인가? 입김이 센 사람들, 혹은 문제 의식을 오래 지니고 있으면서 강하게 많이 압박하는 사람들이 될 수밖에 없다. 전국장애인차별철폐연대의 경우도 2000년대 초반부터 문제 제기를 해왔다. 그러나 표에 큰 영향이 없고, 있더라도 극히 일부라고 생각하기 때문에 쉽게 해결하려 나서지 않아 여전히 지지부진했다.

말로는 2030 청년이 중요하다고 하지만 기득권이 앞장서서 청년들의 권리를 챙기지는 않는다. 이를 바로잡으려면 결집하여 목소리를 낼 수밖에 없다. 실제로 지난 대선 당시 2030 청년들의 긍정적인 에너지와 정치적 목소리가 정당 내부에도 많은 압박으로 작용했다고 알고 있다. 관심을 가질수록 세상이 달라지고, 반대로 관심을 끊는다면 언제든지 예전으로 돌아갈 수 있다. 특히 민주주의 속에서 소수나 약자는 배척되기 쉽다는 함정이 있다. '제도가 그렇다'는 말로 교묘하게 사람들을 설득하는 이들이 되려 정당성을 확보하게 되는 것이다. 사회적 약자나 소수자와 함께 걸어가려는 사람들이 좀 더 주목받기 위해서는 그만큼 더 큰 목소리를 내어야 할 수밖에 없다.

우리나라는 정치인을 권위자인 것처럼 느끼는 경향이 있는데, 정치인은 결국 국민의 목소리를 대변하는 사람이다. 따라서 국민이 눈치를 볼 필요는 전혀 없다. 오히려 잘못된 게 있다면 따끔하게 지적해야 한다. 개개인의 목소리를 반영하여 현실 정치에 녹여내는 것이 정치인의 역할이다.

실제로는 어떤가? 선거철에만 정치인이 잠깐 고개를 숙이다가 이후에는 귀담아 듣지 않는 주객전도 현상이 자주 일어난다. 물론 지지자들의 절박함과 요구를 명확하게 인식하고 개혁하려는 의지를 가진 정치인들도 분명 있다. 다만 선거 전후의 모습이 극단적으로 다른 정치인들이 적지 않다.

결국 민주주의에서 최후의 보루는 깨어 있는 국민들의 조직된 힘이다. 시민들이 뭉치고 단합할 때 변화의 단초가 쌓인다. 많은 국민들이 관심을 가지고 지켜보며 목소리를 내어야 정치인도 그 목소리에 귀를 기울이는 척이라도 할 수밖에 없다.

이때 누군가는 그 조직된 힘을 더 단단하게 모으려 하지만, 또 누군가는 내부 분열을 일으키거나 사람들을 와해시키려고 하기도 한다. 그러나 한번 와해되면 다시 힘을 모으기가 어려워지기 때문에 뭉치고 단합된 힘을 보이는 것은 매우 중요하다. 실제로 우리는 2017년 촛불혁명을 통해 촛불의 힘을 체감했고, 또 할 수 있다는 것을 배우지 않았던가. 나 역시 예전에는 기득권의 보수적인 성향에 가까웠지만 촛불혁명을 거치면서 사회를 개혁하는 움직임에 크게 공감하며 응원하게 되었다. 또 실제로 정치적인 목소리를 내기 위해 민주당 권리 당원으로서 활동하게 됐다.

내가 정치권에서 여러 활동을 하며 처음에는 '게임만 하던 애가 뭘 아느냐'는 식의 비난도 많이 받았다. 하지만 정치는 정치인들만의 것이 아니다. 게임을 하던 사람도, 회사에 다니는 직장인들도, 자영업자나 아르바이트생들도 정치에 대한 의견을 가지고 개진할 수 있으며 또 그래야 한다. 도리어 일상 가장 가까운 곳에서 나오는 목소리가 더 좋은 정책을 만드는 데 뒷받침될 수 있다.

게임과 정치는 전략을 짠다는 점에서 비슷하다. 비단 게임뿐 아니라 다른 분야에서도 분명히 정치와 맞닿아 활용할 수 있는 강점들이 있다고 생각한다. 정치적인 목소리를 낸다는 것이 꼭 어떤 정당에 참여해야 한다는 뜻은 아니다. 다만 우리는 세상이 향하는 방향을 지켜보고, 내 권리를 지켜야 한다. 정치는 정치인들이 사는 세상이 아니라 우리 청년들이 살아갈 세상을 만드는 과정이기 때문이다. 중요한 건 단합과 설득 방법 등에 대한 고민이다. 과거의 단일대오, 단결, 투쟁 방식을 고수하기에는 오늘날의 정서가 달라졌기에 설득 방식에선 변화를 줄 필요가 있다.

추상적으로 청년, 국민, 약자 등을 대변할 테니 나에게 힘을 모아달라는 메시지는 더 이상 효과적이지 않다. 그런 의미에서 각자 자신의 역할과 한계를 명확히 인정할 필요가 있다.

과거의 돌을 밟고 서서 또 하나의 돌을 쌓고 싶다

어릴 때는 정치가 그냥 무조건 싫었다. 간혹 아버지께서 정치적인 주장을 강요하시면 오히려 반대로 엇나가곤 했다. 그 어린 나이에 부모님이 살아오신 삶의 배경과 경험과 지식에서 나오는 정치적 판단을 온전히 이해할 수 없었을 뿐 아니라, 사춘기 시절에 부모님 말씀에 순순히 따르기 싫었던 반항심 때문이기도 했을 것이다.

하지만 프로게이머를 그만둔 이후 오히려 정치에서 게임과의 공통점을 느끼기도 하고, 그 안에서 나름대로 인생의 철학을 배우기도 하면서 어느 순간 유권자로서 목소리를 좀 더 적극적으로 내야겠다는 결심을 하게 됐다. 나처럼 누구나 정치에 관심을 갖게 되는 각자의 계기가 있겠지만, 그 계기를 억지로 만들 수는 없는 노릇이다. 그럴 때 나는 가끔 생각한다. 지금의 나는 과거 정치에 무관심하던 나를 어떻게 설득할 수 있을까?

그저 정치에 관심을 가지라고 말하는 것은, 학교에서 꾸벅꾸벅 조는데 선생님들이 '다 널 위한 얘기'라며 잔소리를 해도 귀에 들리지 않는 것과 마찬가지다. 각자 중요하게 생각하고 관심 갖는 분야가 다르기 때문에 관심 없는 사람에게 어떻게 더 쉽고 간략하게 전달할 것인지를 고민해야 한다. 즉 이제는 홍보, 마케팅, 맥락, 스토리 등을 활용하여 다가가는 것이 더 현실적인 전략이 될 수 있다.

무엇보다 꼭 집회에 나오거나 정당에 가입하는 것만이 정치에 참여하는 일이라고 볼 수는 없다. 큰 틀에서 보면 뉴스에 관심을 가지고 비판하거나 욕을 하는 태도도 일상적인 정치 행위라 할 수 있겠다. 매번 집회를 가는 등 적극적인 정치적 행위를 할 수는 없겠지만, 어떤 사안에 대해 청원이라도 참여하는 것, 술자리에서 주변인들과 대화를 나누는 것도 하나의 소극적 정치 참여가 될 수 있다. 각자 현실에서 최선을 다하는 것이 결국 정치적으로 연결되고 조금 더 나은 세상을 만드는 하나의 행동이라고 본다.

그런데 아예 투표조차 참여하지 않고 개인의 권리를 포기한다면 결국 그 손해는 자신에게 돌아온다. 나도 막연하게 세상과 법이 공정할 것이라고 생각했지만, 실제로 정치권을 들여다보면 적극적인 투쟁 없이 자연스럽게 정의가 이루어지지는 않는다. 무관심하게 내버려두는 사이 기득권의 힘만 강해지고 나의 권리를 주장하기는 점점 더 어려워질 수 있다.

나는 역사 공부를 하면서 과거 변화나 개혁에 앞장섰던 분들에 대한 존경심을 가지게 되어, 정치 행위에 적극적으로 나서게 되었다. 과거 누군가는 지금의 세상에 한 발짝 가까워지도록 만들기 위해 투쟁하고 때로는 목숨까지 바쳤다. 그 희생은 당장 자신이 혜택을 받기 위해서가 아니라, 다음 세대가 더 나은 세상에 살도록 하기 위해서였다. 적당한 선에서 타협하고, 좋은 게 좋은 거라고 둥글게 넘어갔다면 굳이 흘리지 않아도 되는 피를 흘리며 싸워 주신 분들이 지금의 세상을 만들었다고 생각한다. 그렇게 투쟁의 역사를 밟고 지금은 키보드로, 대화로 논쟁할 수 있는 상황이 되었다는 것만으로도 사실 감사한 일이다. 그렇게 역사가 바뀌는 중요한 순간에 나섰던 분들이 있다고 생각하면 나도 작은 용기를 내게 된다. 누군가 앞장섰을 때 그걸 보고 관심이라도 가지는 사람이 생기고, 또 나처럼 용기를 얻는 사람들도 있다. 그것만으로 당장 변화가 생기지는 않더라도 그렇게 모이는 마음과 의지 자체가 큰 의미가 있다고 생각한다. 그러다 누군가가 또 행동에 나서며 하나의 돌을 쌓으면, 그것이 차곡차곡 모여 다음 세대의 결과가 만들어진다.

물론 관심을 가지지 않는다고 해서 그걸 잘못이라 비난할 수는 없다. 국민에게 선택을 받지 못하면 정치인이 노력해야 하고, 중립이거나 무관심한 사람들에게 어떻게 어필할지 고민하는 것이 정치인의 역할이다. 그 과정에서 나도 하나의 가교 역할이 맡아 다양한 사람들이 서로 정치적 이야기를 주고받을 수 있는 통로가 되고 싶은 마음이다.

훗날 기성세대가 되었을 때 내가 바라는 세상이 완벽하게 펼쳐져 있을 거라고 기대하지는 않는다. 또 내가 특별히 역사적 사명을 띠고 태어나 세상을 바꿀 수 있다고 생각하는 것도 아니다. 다만 역사를 이루는 그저 작은 돌 하나 정도는 쌓고 싶다는 생각을 했다. 미래 세대가 내가 쌓은 그 돌을 밟고 다음 단계로 가길 바란다.

내가 청년 단체를 만든 이유

아버지를 통해 다양한 어른을 만나 조언을 듣고 이야기를 나눴던 경험은 내가 단체 활동을 시작한 계기가 되었다. 또래 친구들과 이야기할 때는 막연한 반감을 표출하고 공유하는 정도였다면, 어른들의 이야기를 들으면서 그 안에 있는 맥락과 논리를 조금씩 들여다볼 수 있었다. 그러면서 젊은 세대와 어른들이 서로의 생각에 대해 함께 교류할 수 있는 장이 있다면 좋겠다는 생각이 들었다.

그렇게 2016년 1월에 공동 설립자인 국도형 대표와 함께

'청년문화포럼'이라는 청년단체를 만들었다. 당시 인터넷 방송을 하던 국 피디님과 우연히 알게 되며 의기투합하여 설립한 단체였다. 후회스러웠던 시절을 돌아보고 새롭게 마음을 먹기 시작한 상황에서 우연히 인터넷 방송에 나가 나의 이야기를 풀어놓았는데 생각보다 너무 후련했다. 그분도 나 같은 청년들의 이야기를 더 많이 듣고 싶다고 했고, 함께 청년문화포럼이라는 비영리단체를 시작하게 됐다. 기성세대 어른들의 이야기를 들을 수 있는 기회도 만들고, 나와 비슷한 청년세대 중에서 나와는 또 다른 길을 가고 있는 청년들의 고충도 들어보고 싶었다. 그들이 조금 더 나은 길을 찾을 수 있도록 도와주고 또 나 역시도 나의 길을 찾아봐야겠다고 생각했다.

단체 활동을 하며 청년들의 울타리를 만들고 싶다는 마음이 가장 컸다. 나는 템플턴 대학교와 법적인 싸움을 진행하면서 주변 어른들의 조언을 듣고 큰 용기와 힘을 얻었던 경험이 있었다. 내가 그저 한 명의 청년으로서 정말 혈혈단신으로 싸웠다면 그 싸움을 끝까지 완주하는 것은 불가능했을 것이다. 심지어 당시 학장은 나와 합의가 안 되니 아버지에게 계속 연락해서 합의를 요청하기도 했다. 아버지는 각자의 문제는 각자가 알아서 해결해야 한다는 원칙을 갖고 계셔서 크게 관여

하지 않으셨지만, 대신 법적으로 도움을 받을 수 있는 지인을 연결해 주신 덕분에 내가 싸워 나가는 데 큰 지지가 되었다. 이러한 도움을 받을 수 있다는 게 당연하지 않다는 걸 알기 때문에 더욱 감사한 마음이 컸다.

내가 도움을 받은 만큼 다른 청년들이 부당한 일을 당했을 때도 조금이나마 보탬이 되는 역할을 하고 싶다는 생각을 했다. 당장 아르바이트만 해도 부당한 일을 당하는 경우가 많다. 그렇지만 법적 대응이 어려워서, 인맥이 부족해서, 돈 문제가 얽혀서 등 여러 이유로 현실에 수긍하고 넘어가는 일이 대부분이다. 적어도 청년문화포럼 내에서라도 억울하거나 어려운 일이 생기면 자문을 받거나 필요한 경우 변호사와 연결을 해주는 등 도움을 주고 싶었다.

당시에 하릴없이 시간을 보내다가 다시 하고 싶은 게 생기고 열정이 살아난다는 사실이 너무 좋았다. 그때 나는 항상 목표를 설정해야 열정적으로 달릴 수 있는 스타일이라는 걸 깨달았다. 지금은 심지어 쉬기 위해 여행을 갈 때도 잘 쉴 수 있도록 목표를 설정한다. 목표가 없으면 엔진이 기운 없이 꺼지는 것 같고, 마냥 쉬는 건 먼 훗날 은퇴 후에 해도 충분하다는 생각이다. 그때부터 삶의 목표를 다시 세웠다. 설령 실패할지언정 다시는 과거처럼 최선을 다하지 않은 채 후회하지 말자는 것이었다. 남들이 공부하느라 바쁘게 보낸 10대와 20대 초중반의 시간이 나에게는 텅 비어 있는 것과 마찬가지였다. 프로게이머 은퇴 후 20대 초중반의 5년여 시간처럼 또 다시 의미 없는 날들을 흘려보내지만 않는다면 그때처럼 우울해질 일은 없을 것이라고 생각했다. 이미 밑바닥은 찍었다. 다시는 그 시절로 돌아가는 실수를 하고 싶지 않았다. 그리고 그때부터 지금까지 쉬지 않고 바쁘게 살아가고 있다.

청년문화포럼의 설립 초반에는 정부에 대한 비판부터 문화 기획 활동까지 다양한 활동을 진행했다. 먼저 관심 분야가 비슷한 사람들을 모아 목소리를 내고 싶어서 문화예술 분야를 좋아하는 친구들을 모아 청년들의 소사회를 표방하고자 했다. 부끄럽지만 처음에는 어떤 식으로든 표면적인 결과를 만드는 데 더 집중했다. 그러다 막상 활동가들이 200여 명까지 늘어나고 규모가 커지면서 단체 운영의 방향에 대해서 더 깊은 고민을 했다. 조직에서의 유토피아는 어떤 모습이며, 모두에게 유토피아일 수 있는 조직이 과연 있을까. 그러던 중 한 친구의 조언에서 하나의 해답을 얻었다. '우리 사회가 너무 결과에 집중하는 것 같으니, 우리만큼은 과정에 집중하면 좋겠다'는 것이었다. 그 이후로 단체의 방향성을 바꾸면서 결과보다는 과정에, 스펙보다는 자아성찰에 집중하는 평범한 사람들이 모인 소사회를 만들어가기로 했다.

급하게 어떤 성과를 내기보다는 무언가를 만들어 가는 과정에 집중하고, 자신의 의견을 주장하며 다수를 설득하는 방법을 배우고, 그러면서 자연스럽게 성장하는 작은 사회를 만들고 싶었다. 물론 그러다 보면 결과물은 늦게 나올 수밖에 없지만, 결코 무의미한 일은 아니라고 본다. 획일적인 문화를 통한 비약적인 성장보다는 여기에서나마 각자가 주체성을 가지고 좋아하는 분야를 찾아가며, 자신의 내면을 들여다보는, 그렇게 서로 다양성을 인정하는 모임을 만들고 싶었다. 당시엔 나도 성숙하지 않았기에 원하던 방향으로 흘러가진 않았다. 다만 민주주의의 딜레마, 미시 파시즘 등 많은 걸 배웠다는 데 큰 의미가 있었다.

청년들을 이끌 리더십

인생 전체에서 나는 지금 어디쯤 서 있는 것일까? 지금 나의 능력치와 방어력은 어느 정도에 도달해 있을까? 나는 내 인생을 마치 하나의 게임 캐릭터처럼 바라보며 상상할 때가 많다. 내가 서른 살이라면 레벨 30의 캐릭터를 키우고 있다고 생각하면서, 레벨마다 어떤 퀘스트를 깨고 어떤 무기와 강점을 발전시켜 다음 레벨에 도달할지 설계해 보는 습관이 있다. 그렇게 생각하면 간혹 무리한 퀘스트처럼 느껴지는 힘든 일이 닥쳐도 그 자체가 하나의 도전처럼 느껴진다. 어려운 미션일수록 그에 상응하는 보상이 기다리고 있을 거라는 패기를 가져보는 것이 위안이 되기도 했다.

다른 사람들의 삶에도 각자가 목표하는 레벨이나 삶의 방식, 가치관에 대한 이유, 명분, 꿈이 있고 또 나름대로 느끼는 한계도 있을 것이다. 청년문화포럼을 만든 이후로 다른 사람들의 인생 캐릭터는 어떤 모습일지, 또 그들이 가진 스토리는 어떨지가 점점 더 궁금했다. 그래서 그때부터는 청년들을 인터뷰하기 시작했다. 이를 통해 나와 다른 길을 가고 있는 또래 청년들은 평소 어떤 고민을 가지고 있는지 생생한 이야기를 들어볼 수 있었다. 사실 청년들이 좋아하는 분야와 꿈은 다양하지만, 현실적으로는 암기 위주의 교육을 받고 좋은 대학에 가기 위해 스펙을 쌓으며 끝없이 경쟁해야 하는 환경에 놓여 있다. 그 과정을 전부 마치고 좋은 직장에 취업하는 것조차 쉽지 않은 사회가 됐다. 이에 대한 돌파구조차 찾기 어려운 현실의 무게가 만만치 않다.

다양한 청년들을 만난 경험 때문인지 나도 모르게 타인에게 무턱대고 조언하는 습관이 생겼다. 한때는 프로게이머로 뚜렷한 성과를 못 내 방황했지만 오히려 정석적인 루트를 밟지 않은 나를 부러워하는 친구들도 있다 보니 자신감을 넘어서 오만함까지 느끼게 된 것이다. 사실은 나도 게임을 비롯해 수많은 실패를 경험했으면서 누군가 힘들어하면 '난 더 힘든 일도 겪었어'라는 기조로 어느새 젊은 꼰대 같은 이야기를 하고 있다. 그러던 중 정신이 번쩍 들었던 일이 있었다. 당시 나는 한창 어설픈 철학자 흉내에 빠져 있었는데, 당시 어울리던 한 친구가 사회 문제에도 관심이 없고 책도 읽지 않는 걸 보고 나도 모르게 무시하는 투로 "책도 읽고 교양도 쌓아야지. 우리 나이가 있는데 언제까지 친구들이랑 낄낄대기만 할래?"라고 말했다. 그때 그 친구가 이런 답을 했다.

"너랑 나는 상황이 달라."

실제로 그랬다. 그 친구는 할머니와 함께 살고 있었는데, 오늘 당장 미친 듯이 일하지 않으면 다음 날 할머니와 밥 한 끼도 함께 먹기 어려운 게 그의 현실이었다. 현실의 무게를 온전히 짊어져야 하는 20대에게 쉬는 시간에 책을 읽고 사색을 한다는 건 사치였다. 머리를 크게 한 대 얻어맞은 느낌이었다. 친구의 말이 틀린 게 없었기 때문에 더 부끄러웠다. 여태껏 나보다 돈 많고 잘나가는 사람들만 바라보며 계속 비교하고 채찍질했지만 그동안 놓치고 있던 걸 깨달았다. 나의 가정 환경,

아버지라는 배경이 당연한 것은 아닌데 나는 언젠가부터 내가 받은 혜택을 기본값으로 생각하며 남들보다 우월하다고 착각했다. 내가 가지고 있던 과거의 열등감을 극복하기 위해서 남들을 낮춰 보고 상처를 주었던 것은 아닌가.

그 일로 다시 한번 나를 돌아보게 됐다. 물론 내 나름대로는 힘든 시간을 겪으며 최선을 다해 살아왔다고 생각했다. 하지만 누군가에게는 그것조차 사치일 수 있었다. 언뜻 합리적이고 타당하게 보이는 능력주의가 사실은 꿈조차 사치인 어떤 사람들을 배제하는 논리가 될 수도 있다는 것을 절실히 느꼈다. 지금 내가 능력주의를 비판하는 입장을 취하는 건 사실 과거의 나를 향한 싸움이기도 하다.

당연히 각자의 환경과 별개로 개인의 노력과 성과를 전부 부정하려는 생각은 없다. 무언가 성과를 내면 그건 온전히 자신의 능력과 노력 덕분이고, 다른 사람들은 능력과 노력이 부족했다고 함부로 평가하는 걸 조심하자는 취지다. 결국 다른 청년들을 보면 이처럼 내가 생각지 못했던 다양한 삶의 모양들이 있는데, 이들을 하나의 단체 속에서 어우러지도록 만들어 가는 과정이 쉽지만은 않았다. 모두를 공정하게 아우르며 나아가고자 노력해야 한다는 점이 크게 보면 정치권과 비슷하다는 생각도 들었다. 무엇보다 단체를 운영하면서 나의 리더십에 대한 부족함도 뼈저리게 느꼈다.

200명가량 인원이 모인 곳에서도 생각은 각각 다르다. 그렇기에 의견을 한데 모으는 건 절대 쉽지 않다. 사적으로는 서로 친한 친구들이지만 공적인 활동에서는 때때로 각자의 불만들을 과격하게 표현하여 상처받은 적도 많다. 하물며 이런 작은 단체에서도 의견 취합과 갈등 봉합이 어려운데, 훨씬 더 많은 이해관계가 얽히고 끝없이 치열하게 경쟁하는 현실 정치는 오죽할까 싶었다.

리더십에도 종류가 다양하다. 과연 어떤 게 더 정답에 가까울까. 단체 내에서 이야기를 들어보면 수직적 리더십을 좋아하는 사람도 있고, 수평적인 리더십을 좋아하는 사람도 있다. 그런데 그 와중에 사람들의 모순점도 발견한다. 대부분이 민주주의 사회답게 사람들의 이야기를 하나하나 듣고 대화해 나가는 수평적 리더십을 좋아하는 것 같지만, 또 한편으로는 모든 결정이 빠르게 이루어지기를 원한다. 즉 자신의 이야기는 수평적으로 들어주기를 바라되 남의 이야기는 수직적으로 빨리 판단하여 결국 내가 원하는 방향으로 진행되기를 바라는 것이다. 이런 선택적인 선호를 온몸으로 느끼며 내 역할이 무엇인지 고민하고 또 고민했다. 인원이 많다 보니 내부적인 갈등이 늘어났고, 이를 수습하는 데 거의 1년이라는 시간을 쏟은 적도 있다. 이전까진 그렇게 사람 만나는 걸 좋아했는데 어느 순간에는 사람을 보는 것조차 꺼릴 만큼 내적으로 힘들어지기도 했다.

이렇게 200여 명이 속한 작은 단체에서도 오만 가지 생각이 오가고 각자가 불만이나 분노를 표출하는 상황이 생기는데, 한 대통령이 나라를 이끌어 간다는 것은 어떨까? 결국 사람들이 모인다는 점에서 조직과 단체라는 게 크게 보면 정치와 다를 바 없다는 것을 느끼면서, 그 무렵에는 끊임없이 대화와 타협을 이야기하던 노무현 전 대통령에 관심을 가지게 됐다. 대통령이라면 권력의 중심에 있는 사람인데, 한 나라를 운영하는 데 있어서 대화와 타협은 사실상 시간이 많이 소요되는 불편한 도구라고 볼 수 있다. 그럼에도 이상적인 방향을 추구해나간다는 건 굉장히 힘든 일이 아니었을까. 그 삶과 스토리가 궁금해져 《노무현의 리더십 이야기》라는 책을 읽으며 그분의 신념과 어려움을 극복하는 방법들을 배워 보려고 했다.

노무현 재단에는 리더십학교 청년 과정이 있는데, 노무현 정신을 이어갈 청년들을 양성하는 데 목적을 두고 있다. 나는 노무현 리더십학교 3기를 수료하고 이후에는 영광스럽게도 노무현 재단의 이사로 들어가게 됐다. 재단의 사무총장에게 처음 연락이 왔는데, 노무현 정신에 대해 젊은 층의 목소리를 대변할 수 있는 사람이 필요하다는 의견이 나오면서 나를 선임한 듯했다. 재단에서 말하는 노무현 정신이란 결국 '사람 사는 세상'을 만들어가자는 것이다. 단순히 노무현 전 대통령을 기억하는 데서 나아가 깨어 있는 시민들의 각성과 연대를 통해 궁극적으로는 시대의 발전을 이루게 될 것이라고 믿는 정신이다.

사실 개인적으로는 그분에게 죄송한 마음을 가지고 있다. 이전에는 온몸으로 화살을 맞으면서도 중요한 가치를 지키려던 그분의 삶에 큰 관심을 가지지 않았다. 내가 청년문화포럼을 운영하면서 그제야 그 가치와 정신에 크게 감정 이입을 하게 되었다. 사회의 진보를 위해 매 순간 고뇌하고, 원리 원칙을 지키다가 뒤통수 맞기도 했던 고단한 삶을 어떻게 살아오셨을지, 떠올려 보면 아득하기만 하다.

그렇게 내가 청년문화포럼을 운영하며 새로운 벽에 부딪혔을 무렵엔 노무현 정신이 나에게 하나의 중요한 잣대가 되어 주었다. 사람 사는 세상에 대한 가치가 흔들리거나 왜곡되지 않도록, 노무현 정신을 등대 삼아 용기를 내어 나아갈 수 있었다.

3

당신이 믿는 세상은 항상 옳은가

– 메시지를 만들고 틀릴 수도 있는 의견을 개진하는 일

두렵지만 그럼에도 목소리를 내기로 했다

2019년 초반 즈음 '알리미 황희두'라는 이름으로 유튜브를 시작했다. 처음에는 젊은 세대의 관심사를 공유하자는 생각에 게임이나 연애, 심리, 시사 등 다양한 주제를 다뤘다. 그러면서 이러한 주제들을 매개로 정치, 사회 문제에도 관심을 가지도록 소소하게 알리는 게 목표였다. 꼭 특정한 정당을 강요하는 게 아니라 정치, 사회 문제에 자연스럽게 접근할 수 있게 진입 장벽을 최대한 낮추고 싶었다.

그때는 극우 성향의 유튜버들이 대거 등장하고, 허위 조작 정보들이 실시간으로 쏟아지던 시기였다. 이에 맞서 우회해서 표현하거나 마냥 지켜만 보고 있자니 너무 답답했다. 오히려 진짜 하고 싶은 이야기는 제대로 꺼내지 못하고 있다는 느낌이 들었다. 이를 보며 누군가는 목소리를 내야 한다는 생각도 들었고, 내적으로 답답함을 많이 느끼기도 했다. 수많은 이슈가 터져 나오는데 이러한 기록들이 그 자체로 큰 의미가 있을 거란 생각도 들었다. 오랜 고민 끝에 아예 시사, 정치 콘텐츠에 집중하는 채널로 변화를 주었다. 정치 현안에 대해 내 생각을 밝히고, 민주 진영 4050 세대와 2030 세대 사이의 가교 역할을 하며, 무엇보다 쏟아지는 정치 이슈의 맥락을 잇는 역할을 해야겠다고 다짐했다.

정치적인 사안에 대해 언급하고 의견을 개진하는 콘텐츠를 만드는 것에 대한 부담이 없지는 않았다. 언뜻 생각해도 우리나라는 일반인은 물론이고 연예인처럼 유명한 사람들이 정치적인 색깔을 드러내는 것에 굉장히 부정적인 정서가 있어, 공적인 자리에서 정치적인 의견을 말했을 때 크게 비난을 받는 경우가 많다. 꼭 정치적인 내용이 아니더라도, 사회적으로 논쟁이나 이슈가 되고 있는 사안에 대해서 한쪽 편을 들면 다른 한쪽에서 반드시 싫은 소리를 듣게 된다. 유명하고 가진 게 많은 사람일수록 대중에게 영향력을 행사하기는 쉽지만, 한편으로는 목소리를 내기 어려운 부분이 있는 것이 사실이다. 소신대로 과감하게 목소리를 내는 것이 옳은 일이라 하더라도 그걸 실제로 행동에 옮기는 태도는 다른 차원의 문제다.

특히 정치적인 의견을 내는 행위에 대해 때로는 물리적인 두려움까지 느껴야 한다는 이야기도 나오다 보니 어디까지 다루어야 할지 고민되는 것도 사실이었다. 그게 아니더라도 내 의견을 말했을 때 악플이나 도를 넘은 인신 공격, 신상 털이가 따라오기도 한다. 하지만 당시 언론 보도나 보수를 가장한 청년 유튜버들이 사회 이슈나 혐오 문제 등을 다루는 모습을 보며 하고 싶은 말이 있었다. 누군가는 그들에게 맞서는 역할을 해야 하지 않을까 싶었다.

나는 유시민 작가님의 말과 글을 좋아해 롤모델로 여겨왔는데, 특히 큰 영향을 받게 된 계기가 바로 당당하게 토론에 나서는 모습을 보면서였다. 과거 노무현 전 대통령을 향한 탄핵 공세, 대부분 꺼리던 가상화폐 논쟁, 조국 전 장관을 향한 검찰의 난도질과 일방적 여론 등 민감한 주제를 놓고도 언제나 할 말은 하며 소신을 밝히는 모습이 굉장히 인상 깊었다.

대부분 사람들은 여론이 일방적으로 기울어진 주제일 경우 적당히 침묵하거나, 기계적인 중립 정도만 유지하며 비난을 피한다. 그러나 기울어진 운동장에서 기계적 중립을 유지하는 판단이 객관적인 게 아니라 오히려 비겁한 선택일 때가 있다. 유시민 작가는 달랐다. "저쪽으로 많이 기울어져 있으면 이쪽으로도 당겨야 한다."며 토론에 직접 나서서 목소리를 내는 분이 있다는 사실이 내게는 굉장히 인상적이었다. 분명히 잃을 것이 많은 상황인데도 불리한 환경에서 최전선에 뛰어들어 자신의 생각을 말할 수 있는 용기. 그게 나에게는 정말 대단해 보였다.

시간이 흐르고 사실이 드러나더라도 여전히 '나는 틀리지 않았다'고 정당화하기 위해 남을 조롱하고 비아냥거리는 사람들이 있다. 이러한 현실을 보면 열악한 상황에서도 자신의 목소리를 내고 또 그에 책임을 지는 모습이 얼마나 대단한 일인지 다시 느끼게 된다. 내가 과연 그렇게 할 수 있을까 자문한다면 아직도 갈 길이 멀었다는 생각이 든다. 하지만 나 역시 끊임없이 목소리를 내는 콘텐츠를 만들기로 결심한 만큼 적어도 후회 없이, 그리고 후진 없이 가자는 다짐을 했다.

템플턴 대학교 사건을 생각해 보면, 피해자가 수백 명 정도인 작은 대학교 일인데도 그걸 바로잡는 데 수년이 걸렸다. 그보다 훨씬 복잡한 사회 문제는 내가 죽을 때까지도 해결되지 않을 수 있다. 하지만 이를 해결하기 위해서 목숨까지 걸었던 많은 사람들이 있었기 때문에 사회는 조금씩 진일보해 왔다. 유시민 작가님은 〈대화의 희열〉이라는 프로그램에서 "인간은 두려움을 없앨 수 없다. 두려움은 극복하는 게 아니고 참는 것이며, 두려움에도 불구하고 행하는 것"이라는 말씀을 하신 적이 있다. 누군가 위축되면 다른 이들도 위축될 수 있지만, 누군가 두려움에도 불구하고 행한다면 현실을 딛고 나서려는 사람이 한 명이라도 더 생길 수 있지 않을까.

내가 유튜브 등을 통해 대단한 일을 할 수 있다고 생각하지는 않는다. 다만 납득하기 어려운 분위기를 형성하는 정치를 지켜보며 화가 날 때도 있고, 앞서 해온 발전이 후퇴할 때면 아깝기도 하다. 그래서 사람들의 문화와 정서와 인식을 바꾸기 위해 정치적인 목소리를 세게 내는 사람으로서 그저 작은 용기를 보태는 중이다. 내 나름대로는 스타크래프트 게임처럼 선을 최전선에 그어 놓기로 했다. 그래야 후퇴를 하더라도 한 걸음씩만 뒤로 밀릴 수 있을 테니 말이다. 지레 겁을 먹고 움츠리다 보면 전투는 점점 더 불리해진다. 물러설 곳 없다는 용기와 패기, 가끔은 무모할지라도 그것이 유효한 때가 반드시 온다. 비슷한 청년들이 더 많아지길 바라는 마음으로 현재 할 수 있는 선에서 최선을 다해 목소리를 내겠다.

뉴스를 읽고 건강한 정치 토론을 하는 법

스마트폰을 켜고 포털에 들어가면 매일 어마어마한 뉴스가 쏟아진다. 큰 이슈가 되는 뉴스라면 아무리 바빠도 기사 제목이라도 한두 개 훑고 넘어가게 되지만, 사실 뉴스를 매일 체크하고 이해한다는 게 쉬운 일은 아니다. 하지만 시사 뉴스의 특성상 한번 스토리나 맥락을 놓치게 되면 어느 순간 사회의 흐름에 대해 아예 관심을 끊게 되는 경우가 많다. 그런 의미에서 특히 청년, 청소년들이 정치 문제에 관심을 가지는 게 더더욱 힘들다. 역사, 경제, 사회, 문화 이슈들이 복잡하게 얽힌 게 정치 문제라 워낙 복잡한데다, 실시간으로 새로운 이슈들이 계속 터져 나오니 스스로의 기준을 세우는 것조차 어렵기 때문이다. 그래서 내 유튜브 채널에서는 특정 뉴스를 깊게 파헤치기보다는 누구나 데일리로 사회의 이슈나 중요한 정치 뉴스의 맥락을 간략하게나마 체크할 수 있도록 쉽고 빠른 영상을 많이 올리려고 하고 있다.

뉴스를 제대로 이해하기 위해서는 조금 더 심화된 관심과 시선이 필요하다. 같은 이슈가 있어도 매체에 따라서 보도 방향이 조금씩 달라지는 것은 물론이고 때로는 아주 극단적으로 다른 태도를 취하기도 한다. 결국은 자신의 입맛에 맞는 뉴스를 찾게 되기 마련이지만, 정파적으로 유명한 매체들 중 한두 개씩 정해 그들의 보도를 비교해 보는 것도 방법이다. 물론 이해관계에 따라 대다수 언론이 한 목소리를 내는 경우도 있으니 완벽한 대안이라고 보기는 어렵다.

언론뿐 아니라 유튜브나 커뮤니티, SNS 등 여론이 파편화된 시대에 매체별로 특정 사안들을 비교하는 것도 좋겠지만, 현실적으로 그만큼 시간을 투자하는 건 불가능에 가깝다. 그런 의미에서 나를 비롯한 정보 유통자들이 신뢰를 쌓아가기 위해 끝없는 공부와 검증을 하는 건 필수다.

그래도 주의해야 하는 것은 포털 기사나 커뮤니티 이슈를 그대로 믿고 받아들이지 않는 태도다. 뉴스 콘텐츠에도 다양한 이해관계가 포함되고, 광고를 목적으로 돈을 받고 게재되는 기사들도 있다. 클릭률을 높이기 위해 자극적인 헤드라인으로 조회수만 높이려는 기사들도 적지 않다. 물론 대중들도 이를 알고 있기 때문에 일명 '기레기'라는 신조어가 생겼을 정도다. 그럼에도 우리가 사용하는 다양한 SNS에서 이를 자주 접하다 보면 그 영향력에서 완전히 자유로울 수는 없다.

뉴스를 접할 때 의식적으로 이슈에 대한 이해관계 당사가자 누구인지, 언론사나 기자의 시각이 얼마나 반영되었는지 질문을 던지는 습관을 갖는 것을 권한다. 나는 유튜브에서 뉴스를 중점으로 다루는 만큼 최대한 기사를 다양하게 보고, 커뮤니티도 살펴보고 SNS에서 다양한 의견을 듣기도 한다. 거의 하루 종일 사람들의 목소리를 들으면서 하나의 이슈에 대한 여러 시각을 이해하려고 하는 편이다. 유튜브에는 일명 '사이버 렉카'라고 불리는 계정도 많다. 교통사고 현장에 빠르게 달려가는 '렉카'처럼 온라인상의 이슈마다 자극적인 영상을 짜깁기해 채널에 올려 조회수를 올리는 것이다. 자극적이고 단순해서 쉽게 접할 수 있지만 이러한 계정을 통해 뉴스를 접하고 이해하면 진실에서는 점점 멀어진다. 다른 사람이 보여 주는 대로 생각하게 되고 무엇보다 허황된 음모론에 빠지기도 쉽다.

주변 사람들과 뉴스에 대한 이야기를 나누고 다양한 관점을 살펴보는 것은 시야를 넓히고 이해도를 높이는 좋은 방법이다. 하지만 특히 정치적인 이슈에 대해 이야기하다 보면 결국 싸우는 엔딩을 맞게 되는 경우도 허다하다. 오죽하면 가족끼리도 정치 얘기는 하지 말라지 않나. 나도 평소 친구들과 만났을 때 사안마다 디테일하게 의견을 나누는 편은 아니다. 자칫 사상 검증 같은 대화로 흘러갈 수도 있어 정치적 성향이 반대인 사람과 이야기하는 것은 더 조심스럽다. 반대로 나와 생각이 비슷한 사람만 찾다 보면 기존 생각에 대한 편견이 강화된다는 우려도 있다.

가치관이 정반대인 사람을 만나 다름을 포용하고 타협한다는 과정 자체가 어려운 문제인 것도 사실이다. 나는 이전에 반대 입장에도 서봤기 때문에 반대 의견에 대해 이해가 가는 부분도 있다. 그런 점을 고려하여 직접 다투기보다는 관련해 읽을 만한 자료를 보여 주거나, 혹은 상대가 신뢰할 만한 전문

가나 권위자의 말을 빌려서 인용하기도 한다. 다만 도저히 타협이 안 되는 부분은 논쟁을 피하거나 토론의 주제를 미세하게 틀어본다.

어떻게 하면 이처럼 예민한 정치 이슈에 대하여 좀 더 현명하고 건강한 토론을 할 수 있을까? 평소 토론 연습을 할 수 있는 기회가 있으면 좋겠지만 우리나라 교육은 어릴 때부터 암기 위주로 진행되다 보니 타인과 의견을 나눌 기회가 많지 않다. 그러니 성인이 되어서도 내가 이해하는 이야기도 말로 꺼내기 어려운 경우가 있다. 내 생각을 타인에게 전달하고 설득해본 경험이 부족해 대화로 해소하지 못하고 한밤중에 침대에 누워서야 '이렇게 말할걸' 하며 후회하게 된다.

토론에 앞서 가장 좋은 건 스스로에게 반복해서 질문해보는 습관이다. 나도 내 의견을 잘 표현하기 어려워서 혼자 꾸준히 연습하곤 했다. 유대인의 전통적인 토론 교육으로 '하브루타'라는 방식이 있다. 두 대화자가 서로에게 반대 논리를 계속해서 던지는 형식의 교육법이다. 나는 머릿속으로 예전의 나와 지금의 내가 대화를 나누듯이 질문을 던져 보곤 한다. 그러다 보면 논리가 바닥나면서 대답이 막히는 지점이 나오고,

끝자락에 도달하면 다른 토론을 참고하거나 존경하는 어른들의 의견을 묻는다. 새로운 생각을 듣게 되면 좀 더 시야가 확장되고, 혼자서도 생각을 더 연장해 나갈 수 있었다.

방송하거나 토론할 때는 머릿속으로 게임하듯이 시뮬레이션을 그려보기도 한다. 누가 최전선에서 싸우고 있는가, 나는 어디쯤에 서 있는가. 그리고 어떤 공격을 어떻게 방어하며, 어떤 상황에서는 어떤 전략이 먹힐 것인가. 이때 가장 중요한 점은 역지사지를 해보는 것이다. '나는 이런 상황에 처하면 부당하다고 생각할 텐데, 그 사람들은 어떨까?' 누군가 힘들다고 말했을 때 '인간은 누구나 힘들지'라고 대답하는 식으로는 토론이 되지 않는 것은 물론이고 더 발전적인 해답으로 나아가기 어렵다.

개인적으로 유시민 작가님을 보면서 어떻게 그렇게 말씀을 잘하시는지 궁금했다. 직접 여쭤본 적이 있는데, 기본적으로 독서를 정말 많이 하시기도 하고 토론을 할 때는 우선 큰 기조를 지니고 그 틀 안에서 대화를 나눈다고 하셨다. 금방 쉽게 할 수 있는 일은 아니겠지만 우선은 공부를 해서 탄탄하게 소양을 쌓아야 한다. 그 후에는 뚜렷한 내 소신을 바탕으로 머릿속에 틀을 짜둔 뒤 그 안에 있는 생각을 표현하도록 노력할 필요가 있다. 각 세대와 개인들의 생각이 실질적 정책으로 이어지기 위해서는 다양한 사람들이 건강하게 목소리를 낼 수 있어야 한다. 뉴스를 보고 내 생각을 정립하고, 또 이를 정치 토론으로 편안하게 연결시킬 수 있도록 교육부터 사회적 분위기까지 조금씩 만들어갈 수 있었으면 한다.

같은 당 사람들끼리도 때로는 서로 다른 목소리를 내는 것이 중요하다. 각자 자유롭게 다양한 의견을 내면서 치열하게 토론하는 게 필요하다는 뜻이지, 그렇다고 그게 '아무 말 대잔치'를 옹호하는 건 아니다. 가끔 보면 민주주의, 자유, 다양성, 경청이라는 중요한 가치들을 본인 필요할 때만 선택적으로 가져다 쓰는 경우가 있다. 말처럼 쉽진 않은 문제들이지만 앞으로 폭넓은 논의가 이루어지길 바란다.

우리는 얼마나 진실에 가까울까

살아가면서 우리는 종종 함정에 빠질 때가 있다. 주위에서 정말 좋은 정보라며 엉뚱한 곳에 투자를 제안하기도 하고, 찰떡같이 믿었던 사람이 자신의 이득을 위해 나를 이용할 때도 있다. 특히 전쟁에서는 함정을 파는 게 매우 유효한 전략 중 하나로 이용되기도 한다. 《삼국지》에 나오는 수많은 눈속임, 거짓 항복, 기습 사례 뿐만 아니라 세계의 전쟁 역사를 보더라도 쉽게 알 수 있다.

아무리 머리가 좋고 의심이 많은 사람이라 할지라도 모든 함정을 벗어날 수 없는 것이 현실이다.

우리 인생도 마찬가지다. 때로는 상대방이 달콤한 제안을 한다고 할지라도 절대 쉽게 현혹되어서는 안 된다. 정말 달콤하고 획기적인 제안이라면 한 번쯤 더 고민해 보길 바란다. 그 안에 어떤 함정이 숨어있을지 모르니 말이다. 물론 모든 상황이 함정이라고 의심하는 것도 적절한 태도는 아니다. 적어도 그걸 구분하는 안목을 기르기 위해서는 수많은 경험과 노력, 예측이 반드시 수반되어야만 한다. 눈앞에 놓인 현상보다는 상대방의 의도인 본질을 파악하려는 관점이 필요하다.

현상보다 본질을 들여다보는 능력은 오늘날 더욱 핵심적인 가치가 되고 있다. 최근에는 커뮤니티, 언론, 포털, 각종SNS나 댓글 등을 통해 무분별하게 많은 정보가 전달되고 있고, 무엇이 진짜이고 가짜인지 구분이 거의 불가능할 정도다. 그중에서 진실을 택하기보다는 좀 더 자극적인 이야기, 내가 듣고 싶었던 이야기, 정치로 치자면 상대방을 난감하게 만들 수 있는 내용을 더욱 빠르게 공유하고 수용하는 것이 현실이다.

리 매킨타이어의 《포스트트루스》라는 책을 보고 큰 충격을 받은 경험이 있다. 앞서 말했듯 '포스트 트루스'는 여론을 형성할 때 객관적 사실보다 감정이 더 중요하게 여겨지는 현상을 말한다. 2016년 옥스퍼드 영어사전은 이 단어를 '올해의 단어'로 선정하기도 했다. 있는 그대로의 진실보다는 왜곡된 정보를 접하는 일이 그만큼 많아지고, 그러한 허위 정보의 영향력이 더욱 강해지고 있다는 뜻이다. 이 현상이 확산되고 반복되면 아예 다른 이야기가 되어 누군가에게 유리한 쟁점으로 이용되기도 한다. 표현의 자유라는 핑계로 핵심을 왜곡하여 정당성을 부여받으려 하는 것이다.

사실 우리는 많은 정보에 자유롭게 노출되어 있기 때문에, 조금만 시도하면 진실에 가까워질 수 있음에도 과거보다 훨씬 쉽게 가짜 뉴스라는 함정에 속고 있다. 한편으로는 허위라는 사실이 명백하다고 해도 그 뒤에 누군가의 의도가 가미되었는지를 판명하고 입증하기는 어렵다. 그러다 보니 허위 사실이 퍼지는 것은 쉽고 빠르지만 그것을 바로잡는 시간은 매우 오래 걸리고 때로는 거짓이 영원히 진실처럼 남기도 한다. 연예인에 대한 안 좋은 가십은 쉽게 퍼지는데, 법적 분쟁으로 그것이 진실이 아니라고 드러나도 한번 붙은 딱지를 떼기 어려운 경우가 많은 것과 마찬가지다.

현실적으로 그 안에서 진실을 발견해야 한다는 것을 우리에게 요구하기란 어려운 일이라는 생각도 든다. 모든 사람들에게 각자의 삶이 있고, 정보를 얻고 판단하는 데 쏟을 수 있는 시간은 각기 다르기 때문이다. 그럼에도 좀 더 올바른 눈으로 세상을 바라보기 위해서는 쏟아지는 정보 속에서 경각심을 갖지 않으면 안 되는 시대다. 즉, 앞으로는 미디어 리터러시 교육이 더욱 중요하게 다뤄져야만 한다. 단순히 말뿐인 교육에 그칠 게 아니라 설득 대상의 눈높이에 맞춰 다양한 실제 사례와 와닿는 비유가 필수다.

기존 아날로그에 익숙했던 기성세대는 미디어와 관련된 다양한 사회 현상이나 문제에 대해 비교적 심각하게 받아들이지 않는 경우가 있다. 하지만 앞으로 미래를 이끌어갈 청소년들은 완전한 디지털 네이티브로 태어났기 때문에 그에 걸맞은 교육과 정책, 논의들이 필요하다.

지금은 이미 인터넷 검색만으로 많은 정보를 찾을 수 있고 다양한 채널을 통해 깊이 있는 내용까지 접할 수 있는 환경이다. 물론 부작용으로 편향된 정보에 매몰될 수도 있지만, 똑똑한 친구들은 주위 사람들과 의견을 나누며 다양한 정보를 스스로 습득한다. 때문에 지금의 청소년들에게는 생각하는 방법과 방향을 이끌어줄 수 있는 좋은 어른들이 있어야 한다. 입시를 준비해서 대학에 입학하고 취업만 하면 된다는 기성세대의 생각은 발전 국가 시대의 모델이다. 우리나라는 이미 선진국 반열에 접어들었고, 더 창의적인 인재를 필요로 하고 있다.

이제는 어떻게 정보를 잘 판별하고, 어떻게 소통해야 하는지가 중요한 시기가 왔다. 클릭 경쟁에 매몰된 환경 속에서 더 나은 세상을 만들 수 있는 방법에 관심을 갖지 않으면, 그 짐은 고스란히 다음 세대로 이어질 수밖에 없다. 이런 환경 속에서 우리는 각자 무엇을, 어떻게 해야 할지 특히 정치인들은 더욱 치열하게 고민해야 한다.

유튜브 뒷광고 사태가 뒤흔들어 놓은 것

내가 여러 학교에 강의를 다니면서 청소년들을 만나다 보면 각자 관심사가 생각보다 다양하면서도 그 트렌드가 상당히 빠르게 변해 간다는 것을 느낀다. 온라인을 통해서 다양한 콘텐츠를 쉽게 접할 수 있고, 또 그러한 문화에 익숙한 세대이기 때문에 정보를 받아들이는 속도도 굉장히 빠르다. 그러다 보니 현 시점에서 가장 중요한 문제 중 하나는 '온라인 콘텐츠를 있는 그대로 믿는 현상'이다. 매일 방대한 정보가 쏟아지는 가운데서 어른들조차 질 나쁜 콘텐츠나 가짜 뉴스를 구분하기 힘든 현실인데, 알고리즘에 의해 확증 편향에 빠진 상태로 성인이 되면 그 후에 생각을 바꾸는 것은 더욱 어려워진다. 모든 정보를 의심하는 게 최선은 아니겠지만 적어도 '의심하는 능력'을 기르는 노력은 꼭 필요하다.

실제로 다양한 커뮤니티에 올라온 콘텐츠들을 얼핏 보면 가볍고 엉뚱해 보이지만, 자세히 들여다보면 이용자들을 무의식적으로 유혹하려는 내용이 자주 보인다. 무방비한 상태를 파고드는 방식에 숨이 턱 막힐 때도 있다. 정치 문제에 큰 관심이 없는 일반인이나 청소년들은 쉽고 가볍게 스쳐 지나가는 콘텐츠들과 타인의 반응을 토대로 사회를 바라보기 쉽다. 포털에 뜬 기사 제목, 상위 댓글 몇 개, 자주 보는 온라인 커뮤니티, 인기 있는 유튜브 영상과 그 댓글 반응 등을 통해 자연스럽게 여론을 접하게 된다. 특히 가벼운 유머, 영화, 예능, 현재 유행하는 밈들을 적극 활용하기도 한다. 굳이 특정 이슈에 대해 더 자세한 정보나 진위 여부를 파악하려 하기보다 그 여론의 '주류'에 탑승하게 되는 경우도 상당히 많다. 굳이 불확실한 반응을 기대하며 소수에 뛰어들 바에야 다수의 여론에 기대면 덜 불안하고 리스크도 줄어들기 때문이다.

하지만 온라인에서 주류를 형성하는 것처럼 보이는 논리

나 언론에서 다루는 헤드라인의 방향을 무비판적으로 수용하고 따라가는 태도는 위험하다. 어떤 이슈에 대한 팩트 체크나 논리적인 설명도 당연히 중요하지만, 현실적으로 완벽한 논리로 설명된다고 해서 모두가 그것을 이해하고 알아주지는 않는다. 중요한 점은 어떻게 이러한 콘텐츠가 관심 없는 사람들에게 '도달'되고, 그들이 판단하도록 만들 것인가 하는 노력이다.

나는 주로 오프라인에서 대면 강의를 통해 청소년들과 소통하며 그러한 창구를 찾으려고 한다. 이때 '프로게이머'나 '유튜버'라는 흥미로운 직업으로 공감대를 형성하여 게임부터 사회 문제까지 이어질 수 있도록 나름의 체계를 만들어 교류하고 있다. 내가 프로게이머 출신이다 보니 게임 이야기를 하면 아이들의 관심이 집중된다. 이때 대다수 학생이 부모가 집에서 게임을 하지 못하도록 한다는 데 불만과 '억압 심리'를 가지고 있다는 걸 느낀다. 많은 부모가 게임은 곧 중독이라는 부정적 생각을 가지고 있어 무작정 게임을 한다고 혼내는 경우가 많다. 그러나 사실 게임을 못하게 했을 때 그 시간에 공부할 리 없다.

게임에 빠진 이유가 어떤 결여된 욕망을 채우기 위해서인지, 혹은 단순히 스트레스 해소용인지, 자세히 본질적으로 들여다봐야 더 나은 해결책을 찾아갈 수 있다. 일방적인 훈육보다는 요즘 청소년들이 열광하는 이슈가 뭔지, 어떤 고민을 주로 하는지, 어떤 언어를 자주 사용하고 그 출처와 배경은 무엇인지 등을 소통하다 보면 많은 해답을 발견할 수 있을 것이라 생각한다.

그런데 표면적인 현상만 보고 '금지'만 강요하다 보면 아이들은 이에 대해 억울함, 분노 등을 표출할 수밖에 없다. 학생들과 소통하는 과정에서 개인적으로 놀란 것은 요즘 학생들도 'MBC 게임 폭력성 보도 사건'을 굉장히 잘 알고 있다는 점이었다. 벌써 10년 가까이 지난 일인데도 말이다. MBC 모 기자가 게임 중독자 폭력성 실험을 한다면서 피시방에서 두꺼비집 전원을 내려버린 뒤 분노하는 이용자들의 모습을 그대로 보도한 일이 있었다. '게임으로 인한 폭력성을 증명하겠다'는 취지였지만 이 보도는 게이머들을 분노하게 만들었다. 지금의 학생들 역시 이러한 방식의 폭력성 증명은 말이 안 된다고 여기면서, 어렴풋이 '아무리 뉴스라도 무엇이든 맹목적으로 믿어서는 안 된다'는 사실을 느끼고 있었다.

최근의 사례로는 '유튜브 뒷광고 논란' 역시 청소년들에게 매우 충격적으로 다가온 사건이었다. 유튜버들이 광고라는 사실을 숨긴 채 돈을 받고 광고를 해왔다는 게 알려지면서 유튜브 생태계를 떠들썩하게 했던 사건이다. 이런 일을 겪으면서 청소년들 역시 보고 듣는 것을 그대로 믿는 건 위험할 수 있다는 걸 스스로 체감했다. 나 역시 미디어를 통해 전해지는 내용을 100% 수용하기보다는 의심하고 판단해야 한다는 메시지를 전하고 있다.

아직 청소년들은 수많은 정보 속에서 자신만의 소신과 세계관을 만들어 가는 과정에 있다. 나는 나와 똑같은 정치 사상을 갖도록 주입하는 것이 아니라, 자신이 바라보는 세상과 관심사에 따라서 좀 더 진실에 가깝게 판단하고 사회와 정치를 읽는 눈을 키우길 바라고 독려하는 입장이다. 내가 전하는 메시지조차 편향된 내용이 아닌가 한 번쯤 의심하고, 자신의 것으로 습득해 가기를 추천하는 편이다.

정치 영역에서도 마찬가지다. 특정한 사안을 두고 이게 팩트인데 사람들이 왜 안 믿느냐, 당위적으로 필요한 목소리라서 내는 것이다, 나는 진정성을 가지고 있다는 방식으로만 접근하는 정치인들이 있다. 자신의 팩트, 당위, 진정성을 남들이 다 곧이곧대로 받아줄 것이라 생각하면 큰 오산이다. 그 사안에 관심이 없는 경우가 대부분이기에, 그런 이유로 설득을 하는 거라면 더욱 기민하게 접근할 필요가 있다. 설령 상대방이 정말로 잘못된 정보를 습득하고 믿는다고 하더라도 다짜고짜 '네가 틀렸다'고 접근하는 걸 조심해야 한다.

더 이상 국민 예능은 없다

오늘날 우리는 어디에서 주로 정보를 습득할까. 과거에는 책이나 뉴스에서 어느 정도는 정제된 정보를 얻었다면, 요즘에는 누구나 알고 있듯이 인터넷에서 검색 한 번으로 쉽게 정보를 얻는다. 심지어 챗GPT의 등장으로 검색 시장까지 떠들썩해진데다 벌써 전 세계에선 AI 관련 규제안이 쏟아져 나오고 있다. 기존의 변화 속도와는 비교도 안 될 정도로 빠르게 세상이 변한다는 걸 의미한다.

예를 들어 나무위키 등을 통해 자료를 수집하고 정보를

습득할 때, 여기에 거짓 정보를 숨겨놨거나 심리적인 측면에서 교묘한 뉘앙스를 넣어놨다면 어떨까. 스스로도 인지하지 못한 채 스포이드로 한 방울씩 떨어뜨리듯 서서히 그에 젖어갈 것이다. 이미 그것을 '팩트'로 신뢰하고 나면 더 이상 나무위키의 신빙성에 대한 의구심도 갖지 않고, 해당 정보에 대한 팩트 체크에도 관심이 없는 경우가 많다. 진실을 알아가는 과정은 때로 복잡하고 지루하기 마련이다.

요즘 시대의 청년들에게 메시지를 전하기 위해서는 그들이 어디에서 정보를 습득하고 여론을 형성하는지 알아야 한다. 전통적인 방식의 홍보나 소통이 아니라, 그들의 니즈를 파악하여 관심을 끌거나 그들의 공간으로 들어가 공감대를 형성하고 신뢰를 바탕으로 이야기를 전해야 한다.

내가 과거 '흑역사'를 굳이 언급하는 이유는 단순하다. 나처럼 생각이 변하는 사람들도 있다는 걸 알리고 싶기 때문이다. 그런데 나도 하루아침에 어떤 계기로 생각이 전혀 달라진 것은 아니다. 존경하는 어른들, 언론을 통해 드러난 보수의 민낯, 주위 사람들과의 토론, 청년 단체 활동, 독서 등 다양한 이유가 얽혀 있고 여전히 과거를 돌아보며 그 이유를 하나씩 찾아가는 중이다.

누구에게나 자신에게 중요한 가치와 의견이 있고, 많은 청년들이 그러한 관점을 만들어 가는 과정에 있다. 여기에서 중요한 건 형식적으로 청년들에게 정보를 전달하고 가치를 주입하는 것이 아니라, 급변하는 시대 속에서 달라진 정서와 공론의 장을 이해해야 한다는 점이다. 그래서 나 역시 청소년 대상 강의를 다닐 때 청소년들이 어디에서 정보를 접하며 어떻게 여론 형성을 하는지에 관심을 가지고 찾아본다.

2000년대 중·후반만 하더라도 '국민 예능'이 존재했다. 〈무한도전〉, 〈1박 2일〉, 〈개그콘서트〉 등 많은 국민이 주말을 함께 기다리고 다 같이 시청하는 예능이라는 의미에서 국민 예능이라 불렸다. 주말이 지나 학교에 가거나, 회사를 가면 지난 주말 나왔던 방송의 웃음 포인트, 유행어 등을 공유하며 서로 비슷한 공감대를 형성할 수 있었다. 요즘은 어떠한가. TV, 게임, 유튜브, 넷플릭스, 티빙 등 수많은 OTT 플랫폼을 통해 다양한 콘텐츠가 무한대로 공급되고 있다. 심지어 유튜브는 먹방, 영화 리뷰, 정치 시사, 패션 등 분야가 세세하게 나뉘어 있다. 당연히 예전과는 다르게 공감하는 분야부터 관심사까지 파편화될 수밖에 없다. 이는 더 이상 '국민 예능'이라고 부를 수 있는 방송이 나올 수 없다는 의미다. 수백만 구독자를 보유한 대형 인플루언서라 하더라도 그걸 보지 않는 사람에게는 '없는 세상'이나 마찬가지다.

이런 상황에서도 아직까지 정치판에서는 온라인 커뮤니티를 가벼운 '지라시' 정도로 생각하는 경우가 많다. 왜 커뮤니티가 중요한지 이해하지 못하는 것이다. 실제로 커뮤니티를 보면 어떤 게시물은 조회수가 몇만에서 몇십만까지 나온다. 물론 그 조회 수 자체가 일반 민심과 같다고 볼 수는 없다. 여기서 중요한 건 그 여론이 커뮤니티에서 그치는 게 아니라 다른 수많은 플랫폼과 연결되는 구조를 형성하고 있다는 사실이다. 이제는 커뮤니티 게시글을 퍼 나르는 언론 기사도 적지 않다. 이뿐만 아니라 유튜브, 다른 커뮤니티, SNS 등 각종 다양한 경로를 통해 굉장히 빠른 속도로 이슈가 전파되는 경우가 많다. 그렇다는 건 특정 커뮤니티를 안 하는 사람일지라도 다른 경로를 통해 이슈를 접하며 자신의 의견을 얹거나 머릿속에 잔상을 남긴다는 의미다. 이를 일부 여론이라고 볼 수 없는 이유다.

그렇다고 온라인 세상을 너무 쉽게 바라보고 무작정 접근해서도 안 된다. 과거에는 오프라인에서 내가 하는 이야기가 중심적으로 타인에게 전달되었다면, 이제는 오프라인의 나와 온라인의 내가 일종의 다른 페르소나로 구분된다. 그러다 보니 현실에서는 심각성을 잘 실감하지 못하는 경우도 많다. 분명히 벌어지는 일인데 내가 겪지 않으면 없는 일처럼 여긴다. 문제가 복잡한 건 사실이지만 손을 놓고 방치할 게 아니라 오히려 훨씬 더 많은 노력을 기울여야 한다.

사람들이 인터넷을 통해서 많은 정보를 얻고 여론을 형성한다. 이는 다시 말해 '온라인 대응 시스템'이 더욱 중요해지고 있다는 뜻이다. 온라인에서 각종 혐오, 막말, 조롱이 쉽게 오가다 보니 특정인이 무방비로 테러 대상으로 노출된다. 점점 상식적인 의견을 말하기 어려운 분위기가 형성되기도 한다. 디지털 시대의 민주주의 위기에 대해서도 고민이 필요한 시점이다. 정치에 관심이 있는 사람들은 지지하는 정당과 별개로 적극적인 온라인 커뮤니티 소통 방식이 어떤 효과를 불러일으키는지 실제로 체감하는 경험을 해봤을 것이다. 나와 다른 가치와 철학을 추구하는 정치인이라도 소통 창구를 유효하게 활용하는 방식에 대하여 적극 수용할 필요가 있다고 본다.

나는 민주당 권리당원이긴 하지만 열렬하게 활동하는 편은 아니었는데, 민주당의 좋은 정책이 왜곡되거나 홍보가 잘 되지 않는 부분이 아쉬웠다. 무엇보다 온라인 커뮤니티를 비롯해 여론을 선동하는 심리전에 맥없이 당한다는 생각이 들어 내가 할 수 있는 역할에 조금 더 적극적으로 나서며 힘을 보태야겠다는 생각이 들었다. 그래서 꾸준히 당내 온라인 대응에 대한 시스템화를 주장하고 있다. 무엇보다 가장 중요한 것은 '신속 대응'이다. 온라인 대응을 절대 가볍게 생각해서는 안 되며, 각 의원실에서 주요 이슈를 보고받을 때 온라인상의 이슈를 포함해서 최대한 빠르게 인지할 수 있도록 해야 한다. 그래서 온라인 이슈들을 하나하나 대응하라는 게 아니라 최소한 숙지는 하고 있어야 한다는 의미다.

더 나아가 당내 전략기획위원회에서 적극적으로 문제 해결에 나서면서, 해당 내용을 당원들에게 전해 당원들도 온라인에서 이를 전파하고 대응할 수 있도록 하자는 의미다. 계속 데이터를 축적해 나가다 보면 정확도도 올라가고 점차 체계가 잡힐 것이다. 분명하게 말할 수 있는 건, 청년들과 청소년들의 목소리를 들을 수 있는 소통의 창구가 과거와는 완전히 달라졌다는 점이다. 정치인들이 젊은 세대의 정서를 이해하기 위해서는 지금보다 훨씬 더 많은 노력이 필요하다.

온라인 대응과 관련해 정치인에게 필요한 역량은 1) 빠른 이슈 선점, 2) 공론화, 3) 해결 능력이라고 생각한다. 워낙 세상이 빠르게 변해서 복잡하거나, 기존 익숙한 방식과 달라 귀찮다는 이유로 이런 문제들을 애써 무시하는 정치인들은 오래 버티기 힘들다.

사람들의 욕망을 움직이는 법

심리전이란 전쟁 시에 '상대에게 심리적 자극과 압력을 주어 본인에게 유리하도록 이끄는 작전'을 말한다. 심리전을 잘만 활용하면 굳이 물리적인 전투를 벌이지 않고도 상대편의 사기 저하, 도주, 내부 분열 등을 이끌어낼 수 있다. 심리전은 게임에서도 굉장히 중요한 전략으로 활용된다. 이를테면 스타크래프트는 자원 확보, 거점 마련, 소·대규모 전투, 게릴라전 등을 바탕으로 하는 전쟁 게임인데, 여기에는 기본기는 물론이고 반복 훈련, 다양한 전략과 전술, 복기, 치열한 수싸움, 그리고 심리전 등이 중요한 요소로 작용한다.

사회 여론에 큰 영향을 주는 온라인 세상도 마찬가지로 인간의 욕망과 심리를 떼놓고 볼 수 없다. 온라인에 매몰되어 있는 사람일수록 쉽게 욕망에 휩쓸린다. 사람들은 포털 사이트에서 제목 한 줄을 보고, 클릭해서 베스트댓글을 보고는 '다들 이렇게 생각하는구나'라고 쉽게 판단하기도 한다. 커뮤니티에서 또 비슷한 공감대가 형성되어 있으면 그걸 대세라고 느끼고 안전하게 탑승한다. 문제는 때로 이러한 공감대 형성이 위험하다는 점이다. 언론, 포털을 비롯한 대형 스피커가 어느 방향을 향하는지에 따라, 심지어 어떤 개인이 목숨을 끊게 만들 정도의 위협적인 여론을 형성하기도 한다.

심각한 문제라는 건 대부분 알지만 막상 현실에선 여러 욕망에 의해 쉽게 통제되지 않는다. 익명 뒤에 숨은 악플러의 경우 스트레스 해소, 낮은 자존감 해소, 타인에 대한 시기 질투, 관심 갈구, 단순 재미 추구, 현실 부적응 등 여러 이유가 있기에 각자의 양심에만 맡기는 방식으로는 결코 문제를 해결할 수 없다. 욕망에 따라 사람이 움직이는 것은 어쩔 수 없지만, 그것을 어느 정도까지 인정하고 또 억제해야 상황을 개선시킬 수 있을까?

의외로 당위적이고 윤리적으로 옳은 얘기를 하면 사람들도 진실을 알아줄 것이라 생각하는 사람들이 많다. 하지만 현실적으로 진정성과 당위, 합리, 이성, 팩트, 논리 같은 것을 앞세우는 정공법만으로는 다수의 마음을 얻기 어렵다. 그보다 강력한 것이 본능이고 욕망이며, 온라인에서는 익명성에 의해 가려진 민낯이 훨씬 쉽게 드러나기 때문이다. 나 역시 부정적인 정서에 휩쓸리고 그러한 여론 선동에 당해본 입장에서 낭만적인 구호만으로는 세상을 바꿀 수 없다는 현실을 느꼈다. 진실이 드러나거나 세상이 조금이라도 좋은 방향으로 바뀌어 가는 건 가만히 있을 때 일어나지 않는다. "진실은 반드시 승리한다", "역사는 진보한다"라는 구호만으로 얻어낼 수 있는 결과물도 아니다. 반드시 누군가는 그 한복판에 뛰어들어 피 튀기는 싸움을 거치며 그렇게 하나둘씩 변화를 이끈다.

게임 세계에서도 기본기는 어느 정도 경지에 오르면 서로가 비슷한 수준이 된다. 이 지점부터는 '심리전'이 무엇보다 중요하다. 게임에서는 저급한 발언이나 퍼포먼스로 심기를 건드리며 멘탈 흔들기, 도발적 세레모니, 채팅에서의 무시나 도발 등이 일차원적이지만 상대의 평정심을 무너뜨리는 방법을 활용한다. 겉보기에는 탄탄한 기본기나 화려한 전략, 전술이 승패를 좌우할 것처럼 보이지만 자세히 들여다보면 심리전에 말려 허무하게 패배하는 경우도 적지 않다. 심지어 프로게이머 간의 경기에서도 긴장하거나 흥분해서 준비한 전략을 제대로 펼치지도 못하는 일이 생긴다. 실제 전쟁에서도 헛소문을 퍼트리거나, 적 포로를 공개 처형하여 상대편의 의지를 꺾어 버리기 위한 심리전을 펼치는 것처럼 말이다.

단순하게 생각해도, 토론에서 악의적으로 턱을 치들고 눈을 내리깔며 오만한 태도로 상대를 흥분시키려는 사람의 목적은 뻔하다. 오히려 그에 개의치 않고 자신의 기조를 유지해야 상대방이 원하는 흐름에 말려들지 않아야 한다. 그러한 도발 행위가 저급하고 우습다고 해서 그 파급력까지 무시할 수는 없다. 몇몇 방송을 보면 어이가 없을 만큼 코웃음 치고 넘길 만한 내용이 많지만, 나 역시 심리전에 제대로 낚인 적이 있었던 만큼 이를 우습게만 보고 넘길 수는 없는 문제라고 체감했다.

지금도 주변을 보면 별생각 없이 이러한 콘텐츠를 접하는 경우가 많다. 우스운 심리전이라고 가볍게 생각해서는 안 된다. 상대방의 전략에 따라 그에 맞는 공격이나 방어 전략을 세워야 하는데, 그저 단순한 음모론으로 취급하기에는 이미 언론을 통해 드러난 '팩트'들이 너무나 많다. 과거 정치인들도 심리학자를 동원하여 '모욕주기 3단계' 방법을 썼다. 권위를 훼손하고, 주변인들이 떠나게 만들고, 고립시키는 전략이다. 이렇게 되면 옹호파와 반대파로 나뉘어 내부 분열을 조장할 수 있고, 뜻이 있는 사람도 눈치를 보며 쉽게 나서기 어려운 분위기가 형성되어 버린다. 특정 인물의 권위를 훼손하여 주변 사람들이 선뜻 나서지 못하게 만들면 결국 힘의 동력이 상실되고, 힘을 보태려는 사람들도 발걸음을 멈추게 되는 것이다.

이 전략을 뚫고 나가기 위해선 결국 '연대의 힘'밖에 없다. 서로 힘을 합치고, 그 힘을 많은 사람에게 넓히는 것이 이러한 심리전의 파훼법인 셈이다. 그렇다면 어떻게 연대의 힘을 어떻게 흔들림 없이, 더 넓혀갈 것인가에 대한 논의가 필요하다. 전략적 대응과 좋은 정책 두 가지를 모두 놓치지 않고 동시다발적으로 해결하도록 관점을 바꿀 필요가 있다.

내가 틀릴 때도 있다

단체를 운영하다 보면 사람들의 묘한 심리를 체감하게 될 때가 많다. 사람은 모두 각자의 납득되는 이유와 근거를 토대로 살아간다. 그런데 이상하게 여러 명이 모이면 때로 스스로도 명쾌히 설명할 수 없는 욕구에 휩쓸린다. 이를테면 '단체 예산을 어떻게 쓰는 게 좋을까?'라고 묻는다고 하면, 누군가는 특정 영역에 투입하길 원한다고 일관성 있게 말하기도 하지만 자신의 위치나 상황에 따라서 매번 다른 주장을 펼치는 경우가 더 많다.

내가 운영했던 청년단체에는 기수제가 있었다. 어느 단체나 이렇게 기수제가 있으면 재미있는 현상이 생긴다. 2기가 들어오면 기존의 1기 체제에 불만을 가지는데, 이후에 3기가 들어오면 그들이 1, 2기를 통틀어 불만 제기를 한다는 것이다. 그런데 패기 넘치는 신입들의 주장을 받아들여 그들에게 직급과 권한을 주면 모순점을 깨닫는다. 세부적인 사항들을 하나하나 고려하다 보면 생각과 달리 완전한 변혁을 이루기 어려운 부분들이 있다는 걸 느끼게 된다. 스스로 들여다보며 성장하는 친구들도 있지만, 이를 회피하며 명분을 만들다가 결국 뛰쳐나가는 친구들도 있었다.

무언가를 바꾸기 위해 확신을 가진 채 적극적으로 나서는 사람은 변화를 위해 반드시 필요한 존재다. 하지만 내가 틀릴 수도 있다는 사실을 받아들이지 못하는 태도는 위험하다. 오직 내가 옳고, 나만이 해낼 수 있다는 독선에 빠지는 것을 조심해야 한다. 많은 의견과 가치관, 욕구가 모이는 단체에서는 한 사람의 모든 요소를 고려하거나 수용하기 어려울 수밖에 없다. 특히 능력주의가 부각되는 오늘날에는 개인의 능력과 한계를 돌아보는 것도 중요하다. 그래서 시야를 넓히고, 귀를 열고, 타인과의 연대와 협력이 이루어져야 한다.

누구는 항상 옳은 이야기만 하고 누구는 항상 틀린 이야기만 할 리 없다. 또 같은 사안이라도 누구에게는 옳은 말이고 누구에게는 틀린 말이 되기도 하며, 시대나 사회 정서에 따라 가치 판단이 달라지기도 한다. 개인이 바라보는 세상과 통찰력이 각기 다른 목소리를 내도록 만들기도 할 것이다. 나도 개인적인 가치관과 판단에 따라 많은 목소리를 내다 보니 진영 스피커로 편파적이라는 비판도 많이 받는다. 다만 언론이나 포털의 운동장 자체가 기울어진 면이 있다고 보기 때문에 현재로서는 편파적이라는 전제를 받아들이려고 한다. 언론이나 포털에 노출되는 빈도 등이 어느 정도 공정해지고 사회가 진일보했을 때 균형을 맞추는 것이 맞겠지만, 지금으로서는 중립보다 분명한 입장을 표하지 않으면 한 발자국을 나가기도 어렵다고 느낀다.

유시민 작가님이 방송에서 이런 이야기를 한 적이 있다. 정치적인 토론 자리에 나갔을 때 상대 진영의 이야기를 일부 인정하거나 수용하면서 매너 있는 토론을 펼치기는 현실적으로 어렵다는 것이다. 그 말도 맞다, 인정한다고 하는 순간 다른 의견이나 비판은 다뤄지지 않고 상대방의 말을 100% 인정한 것처럼 언론에서 다루어질 가능성이 높다. 나의 입장이

나 의견을 공개적으로 개진하다 보면 틀린 이야기를 해서 사과해야 할 때도 있지만, 때로는 부당하게 몰리는 상황이 발생하기도 한다. 100 중에서 5 만큼 틀린 이야기가 포함되었는데 100을 전부 틀린 것으로 치부하는 건 흔한 일이다. 정치적인 논쟁에서 건강한 토론보다는 상대방의 허점을 지적하는 데 집중하고 비합리적인 비난으로 이어지는 건 분명 아쉬운 부분이다. 이는 사실 양쪽 진영 모두 원하지 않는 상황일 것이다.

어쩌면 아무 말도 하지 않는 것이 가장 안전할 수도 있다. 하지만 소통의 창구를 닫아 나 자신을 지키고 싶지는 않다. 유튜브를 하면서도 가장 큰 보람을 느낄 때는 어떤 식으로든 영향을 받았다는 사람들의 피드백을 받을 때다. 첨예하게 대립하던 상황에서 내 영상을 보고 새로운 관점을 발견하여 생각이 바뀌었다든가, 과거 나처럼 생각하던 청년이나 기성세대들이 내가 걸어온 과정을 보고 생각할 거리를 얻는다든가, 혹은 누군가의 억울한 부분을 알린 후 당사자가 고맙다는 인사를 전해올 때 등 무언가 좋은 영향을 끼치고 있다고 생각될 때 가장 뿌듯하다.

내가 틀리거나 비난받는 상황을 두려워하며 말을 아끼기

보다 소신껏 내 이야기를 하되 틀린 부분은 고치면서 성장해 나가는 것이 최선이라고 생각한다. 대신 항상 세상을 향한 시야와 귀를 열어 두고, 하나의 주장을 고집하지 않는 유연함이 필요하다. 만고불변의 진리는 없다.

중요한 건 꺾이지 않는 소신

유튜브에서 정치적인 의견을 표출하는 것은 한편으로 끊임없는 악플과의 싸움을 의미한다. 악플은 기본적으로 논리나 근거 없이 무작정 비방하거나 조롱하는 내용을 담고 있는데, 도를 넘은 악플은 단순히 '욕하는 행위'가 아니라 한 사람의 생명을 앗아갈 수도 있을 만큼 심각한 행위다. 많은 악플러들이 특정인을 좌표 찍어서 혐오, 조롱하는 등 무분별한 비난을 던진다. 실제로 이들의 태도를 보면 하나같이 수천 개의 악플 중에서 나보다 더 센 말을 한 사람이 있으니 나 하나쯤은 괜찮다는 식으로 합리화하는 패턴을 보인다. 예능에서 복불복 게임을 앞두고 웃자고 한 말인 '나만 아니면 돼'가 현실에서도 만연한 느낌이랄까. 악플을 받아 그 사람의 마음이 괴롭고 고통스럽든 말든 타깃이 나만 아니면 된다는 식이다.

악플을 포함해 댓글을 다는 것은 개인의 자유다. 어디에서나 온라인에 손쉽게 연결되는 시대에 현실적으로 부모님도, 선생님도, 그 누구도 악플을 막을 수는 없다. 그러나 그에 따른 책임은 본인에게 있다는 사실을 망각해서는 안 된다. 나는 과거 일부 커뮤니티 악플러들을 명예 훼손과 모욕죄 등으로 고소하기도 했다. 고소가 정답이라고 생각하지는 않는다. 다만 어떤 사안에 대해 '나만 아니면 된다'는 생각으로 쉽게 말하고 내뱉지 말고 내 목소리에 책임을 가져야 한다는 점을 말하고 싶었다.

무분별한 악플이 가져오는 또 다른 문제는 댓글이 형성하는 여론에 휩쓸리기 쉽다는 점이다. 똑같은 내용의 기사여도 포털이나 커뮤니티의 성격에 따라서 전혀 다른 반응이 주를 이루는 것은 흔한 일이다. 이때 별생각 없이 타인의 반응에 무작정 휩쓸리지 않고 자신의 판단과 의견에 대해 소신을 가지는 것이 중요하다. 소신이 없이 다수의 의견을 내 의견인 것처럼 그대로 흡수해 버리면 설령 그 방향이 잘못됐다고 생각하더라도 자신의 주장을 바로 세우기는 점점 더 어려워진다. 결국 그쪽이 잘못됐다는 것이 밝혀진다 해도 다수의 선택이기 때문에 책임이 1/N로 분할되면서 '다른 사람들도 그랬잖아' 하고 합리화해 버리기 쉽다.

나는 프로게이머로서 빠르게 은퇴하며 그 길을 가는 데 실패하기는 했지만, 결과적으로 내 인생에서 성공한 선택 중 하나였다고 생각한다. 그때 내가 원하는 선택을 하지 않고 남들과 같은 길을 걸었다면 안정적인 루트였을지라도 지금과는 정반대의 삶을 살고 있을 것이다. 그 삶이 지금만큼 만족스럽진 않았으리라 확신한다. 앞으로의 인생을 바꿔놓을지도 모르는 과감한 선택을 해본 경험 덕분에, 지금의 나는 좀 더 내 마음의 소리에 귀를 기울이고 소신을 가지고 사는 방법을 배우게 됐다.

물론 타인의 기준과 시선이 중요하지 않다고 하면 거짓말이다. 남들에게 인정받고 싶은 마음도 당연한 것이고, 싫은 소리를 듣는 게 싫어 내 삶을 타인의 기준에 맞추게 될 때도 있다. 결국 우리는 자신의 소신과 타인의 시선 사이 그쯤 어딘가에서 살아갈 수밖에 없는 셈이다. 그 사이에서 무조건 내 고집만 부리는 것도 옳지 않다. 다만 우리나라 사회 분위기가 타인의 시선에 더 치중해 있는 부분이 있기 때문에 의식적으로 그 선을 내 쪽으로 당기는 노력도 필요하다. 무난하게 사람들과 어울려 살아가려던 것뿐인데 자칫하면 내 정체성을 잃게 될 수도 있다.

게임할 때도 이와 비슷한 사례를 본다. 실력이 출중해 대부분의 경기에서 승리하는 선수에게 어느 순간 여론에서 플레이가 반복되고 지루하다는 평이 이어진다. 그러면 선수는 고민에 빠지게 된다. 기존에 하던 대로 하면서 승리를 이어갈 것인가, 아니면 대중에 입맛에 맞춘 새로운 도전을 시작할 것인가? 이때 관중의 재미를 위해 더 현란한 플레이를 펼치려고 하다가 결국 본인의 정체성과 스타일을 잃게 되는 경우가 적지 않다. 아차 싶어 원래의 스타일로 돌아가려고 한들 그건 그것대로 또 비난을 받을 게 뻔하니 막상 쉬운 일이 아니다. 그렇게 패배가 반복되며 슬럼프에 빠지고 끝내 은퇴하기도 한다. 오히려 아무도 자신을 모르는 시절에는 실력에만 집중하면 된다. 하지만 대중들에게 알려지기 시작하면 사람들의 시선과 취향을 고려하지 않을 수 없다.

나 역시 타인의 시선과 조언에 크게 흔들리는 타입이었기 때문에, 이런 상황을 겪거나 지켜보며 한 가지를 깨닫게 됐다. 타인의 조언에 아예 귀를 닫는 것도 문제지만, 나의 소신까지 잃어서는 안 된다는 사실이다. 본인의 오랜 소신을 버려야 하는 상황이라면 정말 신중하게 판단해야 한다. 자신을 잃고 흔들리는 것보다 차라리 고집을 부리더라도 소신을 지키는 판단이 나은 순간들도 있다.

소설 《편의점 인간》에는 이런 말이 나온다. "보통 사람은 보통이 아닌 인간을 재판하는 게 취미예요." 사람에게는 누구나 자신에게 맞는 옷이 있다. 타인의 시선과 평가로 인해 억지로 나에게 맞지 않는 옷을 입다가는 결국 이도 저도 아닌 상황에 놓인다.

이처럼 나의 생각과 남의 생각을 구분 지으며 내가 원하는 옷에 확신을 갖기 위해서는 기본적으로 자존감도 높아야 한다. 그래야 타인의 시선으로부터 자유로울 수 있기 때문이다. 나 역시 한창 자존감이 낮고 열등감에 빠져 있을 때는 커뮤니티에서 내가 동일시할 수 있는 강자를 추종하고, 잘나가는 사람을 깎아내리면서 대리만족을 느끼고, 누군가의 추락을 보면서 위로를 삼기도 했다. 요즘은 SNS를 통해서 다른 사람들의 화려한 순간을 쉽게 접하다 보니 상대적 박탈감을 느끼기 쉬워졌다. 그럴 땐 외부보다는 나의 내면에 집중하면서 내가 원하는 것이 무엇인지, 내가 무엇을 잘하는지, 나 자신을 들여다보는 시간을 갖는 것을 권한다. 심리학자 아나 프로이트는 "나는 힘과 자신감을 찾아 항상 바깥으로 눈을 돌렸지만, 자신감은 내면에서 나온다. 자신감은 항상 그 곳에 있다."라고 했다.

요즘에는 사람들이 무심결에 '~같아요'라는 표현을 많이 사용한다는 지적이 있다. 확신하기 어려운 애매한 상황에 대해서 자신의 의견을 조심스레 드러내는 표현인데, '기분 좋은 것 같아요', '맛있는 것 같아요'처럼 자신의 감정조차 타인의 평가를 의식해 불분명하게 이야기한다는 것이다. 상대방을 배려하고 조심스러운 언행을 사용하는 것도 좋지만, '자신감이라는 건 모욕할 테면 해보라는 자세'라는 말도 있다. 이러한 태도를 지배자들이 가장 무서워한다고도 한다. 때로는 갈등을 감수하면서도 나의 신념에 대한 목소리를 내야 할 때가 있다고 본다. 적어도 내 삶에 있어서는 스스로에게 자신감 있는 태도를 가져도 좋다.

나는 기본적으로 모든 사람에게 사랑받을 수는 없다는 생각을 하려 한다. 그런 마음으로는 어떠한 목소리도 내기 어렵다. 전 국민에게 사랑받는 MC 유재석 씨도, BTS도, 페이커 선수도 모든 사람에게 완벽하게 사랑받을 수는 없다는 걸 생각하면, 미움받는 것에 대한 두려움이 조금 사라지기도 한다. 하물며 이해관계가 얽혀 있는 정치판에서는 어떤 목소리를 냈을 때 반대되는 가치를 추구하는 누군가에게 불만을 야기할 수밖에 없다. 이는 어쩔 수 없는 '디폴트'라고 생각하고 나 자신을 믿으며 나아가려고 한다. 나는 내 신념에 맞는 목소리를 낼 뿐이다.

싸울 것인가, 공존할 것인가

스타크래프트 프로게이머 시절에는 종종 '부종전'을 했다. 게임에서 내 종족을 선택할 때 주 종족으로 수십 판을 하다 보면 어느 순간 시야가 좁아지고 실력 향상에 한계를 느낀다. 그때 내가 상대해야 하는 다른 종족을 선택해 게임해 보면 상대방의 입장에서 생각할 수 있다. 평소에는 미처 생각하지 못했던 종족 특성이나 공격 포인트, 빈틈 파악 등이 가능해진다.

지금도 정치 문제에 대해 이런 시각으로 생각할 때가 많다. 오늘날 나의 주장을 과거의 나라면 어떻게 받아들일 것인가, 듣기 싫은 소리에 작은 관심이라도 가지게 하려면 어떻게 해야 할지를 반대편에 서서 고민한다. 실제로 맥락 없는 악플 외에 나와 반대의 진영에서 표출하는 의견에 대해서는 이러한 관점에서 이해가 되는 부분도 있다. 나 역시 정반대의 시각에서 바라봤던 과거가 있기 때문에 어떤 논리가 뒷받침되고 있는지 상대편의 시점에서 한 번쯤 다시 생각해 보려고 한다.

사회에서 각자의 입장이 첨예하게 대립하는 다양한 갈등이 점점 심각해지고 있다. 젠더 갈등, 장애인 권리, 고령화 문제 등 해결해야 할 이슈는 많은데 이를 현명하게 풀어갈 수 있는 방법에 대해서는 아직 이렇다 할 해결책이 나오지 않는다. 단순히 기계적인 균형을 맞추려고 하거나 눈에 보이는 현상에 대해서만 가볍게 다뤄서는 절대 근본적인 갈등 원인을 해소할 수 없다.

특히 《포스트트루스》에서는 객관성에 집착하는 기계적 중립성을 경계해야 한다고 지적한다. 진실을 보려 하지 않은 채 마냥 비관론을 펼치거나 반대로 모두에게 미움받지 않는 선에서 아슬아슬한 줄타기를 하려는 시도는 오히려 그 자체로 애매하게 편향적인 관점이 강화되는 결과로 이어질 수도 있다.

심지어 그 와중에 유튜브 등 뉴미디어를 통해 도리어 이러한 갈등을 부추기거나 수익을 위해 이용하는 사람들도 많다. 누군가는 그렇게 보이는 사실을 전부 사실로 받아들여 버리거나, 혹은 진절머리를 내며 정치에 대해 아예 외면하기도 한다.

이러한 사회 문제를 풀어가는 방향성에 대해 이어령 선생님은 '톨레랑스(Tolerance) 정신'을 강조했다. 톨레랑스는 한마디로 관용 혹은 포용이라는 의미를 갖는데, 궁극적으로 타인의 생각이나 행동에 대해 나의 생각을 강요하지 않고 존중하며 인정하는 태도를 뜻한다. 16세기 종교개혁 이후 가톨릭과 다른 개신교를 믿게 해달라는 요구가 톨레랑스의 시초였다. 1562년 프랑스에서는 '위그노 전쟁'이라는 종교 전쟁이 벌어졌다. 가톨릭 교도와 위그노 사이 갈등이 극에 치닫던 무렵 앙리 4세가 국왕에 즉위하고, 1598년 낭트 칙령을 선포하며, 30년 넘게 지속된 종교 전쟁을 종식시킨 바 있다. 낭트 칙령은 개인의 종교적 믿음에 대한 자유를 인정한 첫 사례로도 꼽힌다. 이후 톨레랑스는 사회 내 다양한 의견의 공존과 조화를 위한 개념으로 널리 쓰이고 있다.

이어령 선생님은 우리 사회에서 지금 가장 필요한 것이

바로 이러한 관용 정신이라고 강조하셨다. 서로를 이해하고 용서하지 않으면 결국 헐뜯다가 자멸하게 된다는 경고다.

나 또한 현실 정치를 직접 경험하기 전에는 왜 이렇게 맨날 싸우기만 하는지 의문이었다. 토론에 나와서는 각자 진영의 목소리만 내는 게 이해도 가지 않았다. 나와 생각이 다른 사람의 의견에도 가능성을 열어 두고 관용적인 태도를 취하며 어쩌면 그 중간 어딘가에 있을 가장 좋은 답을 찾아가면 되지 않나 생각한 적도 있다. 다만 현실 정치는 낭만적이지 않다. 과연 지금의 한국 사회에서 톨레랑스 정신이 가능할까 하는 생각이 들기도 한다. 내가 상대방의 이야기를 받아들이고 관용을 베풀었을 때 도리어 상대가 자신이 이겼다고 생각하며 뒤통수를 치는 경우도 적지 않다. 배려하고 베푸는 사람보다 권력을 마음껏 휘두르는 사람에게 더 충성하는 경우가 많은 것이 현실이다.

그런 경험이 쌓이다 보니 이상을 추구해 나가는 데 있어서 끊임없는 고민을 하지 않을 수 없다. 현실 정치에서는 결국 이기고 지는 결과가 남는다. 합리적이면서 상대방을 인정하며 공존을 꿈꿀 것인가, 아니면 비합리적이고 진영 논리에 빠졌다는 비판을 듣더라도 승리를 위해서 싸울 것인가. 나는 지금으로서는 비판을 감수하더라도 싸움에 임하는 선택을 취하고 있다. 실질적으로 정치에서는 집권을 해야 자신이 생각하는 이상을 펼칠 수 있는 상황이기 때문이다.

일부 정치인들이 김대중, 노무현 전 대통령을 인용하면서 우리가 먼저 상대 진영에 손을 내밀어야 한다고 주장하기도 한다. 분명히 필요한 태도라 생각하기에 그 의견을 존중하는 바이지만, 과거에 아직 해결되지 않은 문제들로 인해 여전히 고통받고 분노하는 지지자들의 마음을 달래고 설득하는 것이 우선이라고 본다. 다른 사람들을 과거에 머물러 있는 사람으로 취급하면서 혼자 옳은 소리를 하는 것도 무책임한 태도일 뿐 아니라, 과거의 앙금이 해결되지 않으면 앞으로의 문제를 풀기 어려울 수밖에 없다. 이미 과거를 풀어갈 수 있는 골든타임이 줄어들고 있는 만큼, 지지자들의 마음을 함께 움직이는 노력이 선행되어야 한다고 생각한다.

세상에는 다양한 의견을 가진 다양한 사람들이 많음에도 현재로서는 사실상 거대 양당만이 존재하는 구조도 아쉽다. 투표를 할 때 기득권 뿌리가 깊어 제3의 의견이 사표가 되는 상황이기 때문에, 자신의 의견과 다르더라도 조금 더 현실적인 투표를 하게 될 수밖에 없다. 오늘날은 사람들이 다양한 루트를 통해 수많은 정보를 받는 만큼, 한층 다양한 선택권이 보장받는 구조로 나아가면 좋지 않을까. 추후에는 이처럼 최대한 많은 목소리를 대변할 수 있는 당 문화와 인식이 안착되었으면 한다.

완전한 패배는 없다

스타크래프트는 수차례의 전투를 거쳐 유리한 상황을 만들고 이후 대규모 전쟁에서 최종적으로 승리하여 상대를 제압하는 게임이라고 볼 수 있다. 여기에는 굉장히 많은 경우의 수가 있지만, 보통은 우선 자원을 확보하며 차근차근 대규모 전쟁을 준비한다. 이때 적의 방해 공작을 방어하면서 동시에 적을 공격해야 하기 때문에 필연적으로 여러 차례의 소규모 전투가 벌어지게 된다. 대부분의 경우 이 소규모 전투를 승리로 이끌며 야금야금 나에게 유리한 판을 그려 나가야 한다. 즉 대규모 전쟁을 승리하기 위해서는 그만큼 소규모 전투에서의 작은 승리가 쌓이는 게 중요하다는 것이다. 이때 프로급 고수는 조급해하지 않고 설령 한두 번의 전투에서 손해를 볼지라도 그다음 수를 그리며 침착하게 다음을 도모한다.

나는 정치도 마찬가지로 이 관점에서 바라보고 있다. 우리는 매번 튀어나오는 이슈들이 과연 '대규모 전쟁'인지 '소규모 전투'인지 생각해야 한다. 각자의 입장이 다른 만큼 정답이 있는 것은 아니지만, 개인적으로 총선이나 지선, 대선 등의 선거는 모두 '소규모 전투'라고 본다. 우리가 바라는 최종적인 목표는 선거에서의 승리가 아니라 궁극적인 개혁을 비롯해 사람 사는 세상을 만들고자 하는 것이기 때문이다. 한두 차례 전투에서 승리했든 패배했든 조급하게 끝이라고 생각하는 것이 아니라 앞으로의 수많은 전투를 차분하게 대처해야 한다.

얼마나 많은 전투를 벌여야 이 전쟁에서 승리할지는 아무도 모른다. 다만 중요한 건 지치지 않는 일이라고 생각한다. 사회적으로 어떤 이슈가 반복적으로 언급되면 어느 순간 사람들은 그만 좀 하라고 말한다. 해결된 과제는 없는데 그저 언급되는 것만으로도 피로도를 느끼는 것이다. 그러나 그렇게 흐지부지된다면 다음 단계로 나아갈 수 있는 문을 덜컥 잠가 버리는 셈이다. 지금은 남의 일인 것 같지만 지금 해결되지 않은 문제는 언젠가 나의 앞길에 걸림돌로 돌아올 수 있다.

정치에서 싸움은 어느 정도 필연적이고, 결국은 승패가 갈려야 하는 부분도 있다. 이론적으로 정당이 존재하는 이유가 집권을 하기 위해서라면, 결국 선거에서 이겨야 하고 예산이라는 전리품을 가지고 지지자들이 원하는 방향으로 분배해야 하기 때문이다. 문명화되어 언어로 싸우고 있을 뿐, 말 그대로 총칼 없는 전쟁이다. 이상적인 그림을 그려보지 않는 것은 아니지만 이상과 현실은 다르다. 결국 전략을 짜고 적합한 인력을 배치하여 어떻게 더 효율적인 대화를 이끌어 갈지 고민하는 것이 현실의 정치라고 할 수 있다.

정당과 정치인은 서로 다른 환경에서 다양한 가치관을 가지고 살아가는 대한민국의 지지자들을 대변하는 역할을 하기 때문에, 결국 그 과정에서는 나와 다른 가치관을 지닌 정당이나 정치인과 충돌할 수밖에 없다. 지지자들이 원하는 이야기만 해서도 안 되고 그렇다고 전혀 다른 이야기를 해서도 안 된다. 그 균형을 잘 잡는 것이 정치를 잘하는 사람인 셈이다. 국민 입장에서는 그들의 전투를 날카로운 눈으로 지켜봐야 하고, 그에 임하는 전략이 잘못되거나 주어진 과제를 제대로 수행하지 못했을 때는 따끔한 지적도 필요하다.

참고로 온라인 세상도 단순히 댓글만 주고받는 공간이 아니기에 전략과 전술이 매우 중요하다. 온라인에서 내가 중요하게 생각하는 세 가지를 요약하자면 커뮤니티별 치열한 '고지전', 다양한 정보 속에서 무엇을 알릴 것인지 집중하고 발 빠르게 대처하는 '속도전', 여기저기서 교묘하게 파고드는 '심리전'이다.

나는 항상 이것이 소규모 전투인지 대규모 전쟁인지, 그리고 이 전쟁을 통해 얻고자 하는 최종 목표는 무엇인지 늘 생각한다. 그러면 어느 정도의 호흡으로 임해야 할지 훨씬 생각 정리가 수월해진다. 전투는 언제나 치열할지라도 전쟁은 조급해져서는 안 된다. 부딪치기도 전에 지쳐 버리거나 사기가 떨어져도 곤란하다. 무엇보다 중요한 건, 우리가 지칠 때 완전히 패한 것이 아니라 그저 한 번의 전투에서 졌을 뿐이라고 생각하는 태도다.

끈기를 가지고 발전시키다 보면 결국 역전도 가능하다.

한 번 졌다고 해서 포기할 게 아니라 다음을 어떻게 준비할 것인지 생각해야 한다. 가능한 긴 호흡으로 유리한 상황을 만드는 것이 마침내 전쟁을 승리로 이끌 수 있는 비결이다.

4

당신이 원하는 세상은 어디쯤 있을까

– 더 나은 세상을 살아갈 것이라는 희망을 갖는 일

불안했던 내가 아미가 된 이유

지난 2020년, 청년의 날 지정 기념식에 BTS가 청년 대표로 초대됐다. BTS는 세계적으로 케이팝 한류 대표 주자로 자리 잡아 가고 있었고, 이 자리에서 수많은 청년들에게 자신들의 실제 경험을 진솔하게 전했다.

"내가 걷는 길이 어디를 향하고 있는지, 오르막인지 내리막인지, 코앞이 낙원일지 낭떠러지일지 알 수 없었다."는 그들의 시작, 그럼에도 "절실한 주문을 외우며 쉬지 않고 달리다가, 서로에게 꿈과 믿음을 불어넣어 지금에 이르렀다."라는 히

스토리는 BTS를 봐온 팬들이라면 더욱 가슴 뭉클하게 와닿았을 것이다. 이 연설은 미래의 청년들에게 "우리가 서로 청년과 어른으로 마주하게 되어도 무엇이 맞고 어떤 삶이 훌륭하다고 말하지 않겠다, 대한민국의 청년들은 늘 강하고 대단했다, 항상 스스로 일어설 수 있게 지켜드리겠다."라는 메시지로 마무리됐다.

그들이 데뷔하기 전의 힘들었던 시절, 그저 한 명의 청년으로서 불안하고 방황했던 마음, 비교하고 좌절했던 과거를 공개적인 자리에서 솔직하게 털어놓는 모습이 인상적이었다. 빛나는 자리에 이르렀을 때 작고 초라했던 시절의 이야기를 잊거나 감추는 사람들도 많다. 겉으로 보기에 언제나 잘나가고 성공적이었던 이미지를 원한다면 드러내지 않아도 될 이야기다. 하지만 이들 역시 탄탄대로만 걸어온 건 아니었다. 여느 청년들과 같이 흔들리는 시절이 있었다는 솔직한 이야기를 굳이 하는 이유는 결국 동시대 청년들에게 위로와 희망을 전하고 그들과 함께 손잡고 나아가기 위해서가 아닐까.

고백하건대 나 역시 BTS의 열렬한 팬, '아미'다. 그들의 성장 과정을 보면 절로 감탄하게 된다. 무엇보다 팬들에게 끼치는 선한 영향력으로 팬들 역시 높은 시민성을 가지려는 책임감이 생기는 분위기도 놀랍다. 2021년 UN 총회에서도 BTS가 전 세계 청년들을 대표하여 목소리를 냈다. 혐오 철폐, 기후 문제에 대한 경각심, 세계 평화 등 이러한 메시지가 그동안 BTS가 걸어온 길과도 잘 맞아 굉장한 울림이 있었고, 세계인들이 이 발언을 주목했다.

혐오나 분노의 힘이 센 현실 속에서 따뜻하고 낭만적인 이야기가 힘을 키우는 것은 쉽지 않은데, 그들이 정치 영역에서는 할 수 없는 역할을 문화 사절단으로서 해내고 있는 셈이다. 이를 통해 그러한 가치가 공허하고 무의미하지 않다는 것을 다시금 상기하게 된다. 실제로 그들이 노래로 전하는 희망의 메시지에 많은 이들이 공감을 이끌어 내고 호응한다. 그것이 시대 정신과도 맞물리며 좋은 영향력을 주고 있다. 팬들과 함께 성장한 BTS가 다양한 사회 문제를 언급하며 세상에 대한 긍정적인 영향력을 전하는 중이라고 본다.

세상에 어떤 가치를 구현하기 위해 꼭 정치적인 움직임이 수반되어야 하는 건 아닐 테다. 정치인은 정치를 통해 말하고 누군가는 인문학으로, 철학으로 이야기한다면 BTS는 예술로서 보여주고 있는 것이 아닐까. BTS가 유엔 총회에 참여했을 때 왜 가수가 그 자리에 가느냐는 일부 비판 여론이 있었지만, 멤버들은 "저희는 다 알고 그 역할을 하러 온 것"이라고 반박했다. "SDG(지속가능발전목표) 관련 홍보도 할 겸, 스피커가 되어 많이 알리기 위해 온 것"이라고 말이다. 이들 스스로가 영향력 있는 스피커라는 사실을 알고, 그 관심을 어떻게 더 좋은 사회를 위한 메시지로 이어 갈지도 고민하고 있다는 걸 느꼈다.

마찬가지로 꼭 거리에서 투쟁하거나 현실 정치판에 뛰어들지 않아도, 직장인들이 공동체 의식을 가지고 본인의 자리에서 할 수 있는 일을 하는 것도 결국 자신이 추구하는 가치를 실천하며 세상을 바꾸는 행동일 수 있다. 때로는 경쟁하고 싸우기도 하며 치열하게 살면서도, 인간성을 잃지 않는 사회를 꿈꾼다면 그 자체로 선한 가치를 실현하고 있는 것이다.

나 역시 정치권에서 활동하다가 종종 그만두고 싶었던 적이 있다. 그때 버틸 수 있는 힘이 되어준 것이 BTS였다. 같은 또래지만 이들과 동시대를 살아가는 것이 영광이라는 생각도 들어 자연스럽게 그들의 가치를 더욱 들여다보게 되었다. 사실 대한민국이 개도국에서 선진국 반열에 들어섰지만 우리가 체감하기는 어려운데, BTS가 UN 총회 때도 그 자리에 서는 등의 모습을 보며 대한민국의 높아진 위상을 느끼기도 했다.

BTS 멤버들이 세계적으로 보여주는 선한 영향력에 공감하고 동참하고 있는 아미들도 실제로 팬덤의 기부 문화로 사회에 큰 기여를 하고 있다. 지난 2020년에는 BTS의 콘서트가 코로나19 확산 우려로 취소되자, 수많은 팬들이 콘서트 환불 비용을 코로나 확산 방지를 위한 성금으로 기부했고 그 금액은 총액 5억 3천만 원이 넘었다. 멤버 제이홉의 생일을 맞아 보건용 마스크 약 2천 장을 그의 고향인 광주에 기부했고, 지민의 솔로곡을 기념하여 코로나19 극복을 지원하는 전 세계 5군데 단체에 기부 활동을 하기도 했다. 또 한국을 비롯한 6개국의 글로벌 아미들이 뭉쳐 우크라이나를 위한 기부 나눔을 전한 일도 있다. 글로벌 아미 소액 기부 단체인 OIAA(One In An Army)가 2015년부터 기부한 액수가 1백만 달러가 넘는다고 한다.

아미의 활발한 기부 문화는 BTS의 영향력에 이어 거대한 팬덤의 힘을 어떻게 긍정적으로 사용할 수 있을지에 대한 고민의 결과인 셈이다. BTS에게 받은 위로와 응원을 다시 사회를 향해 돌려줌으로써 선한 영향력을 몸소 실현하고 있다. 이처럼 BTS와 아미가 함께 성장해 나가는 모습을 보면 정치인들도 그런 커뮤니케이션을 배울 필요가 있다는 생각이 든다. 때로는 팬들의 비판을 수용하고 사과하며 개선하기도 하고, 그러면서 결정적인 순간에는 항상 서로 의지할 수 있는 존재가 되는 것이 참 든든해 보인다. 성장하고 메시지를 공유하는 모습에 그들이 사람과 사회를 대하는 가치가 녹아들어 있어, 이제 대중과 팬들을 빼놓고 그들을 설명할 수는 없다.

물론 연예계와 정치를 똑같이 비교하는 데는 무리가 있다. 가령 일반 지지자와 강성 당원, 연성 당원, 팬덤을 정확히 어떻게 구분할 것인가. 그들을 전부 끊어 버리고 정치를 하는 건 현실성이 떨어진다. 연예인을 좋아하듯 정치인을 맹목적으로 좋아하면 안 된다는 말에는 동의한다. 이때 비판적 지지는 어디서부터 어디까지 가능한지, 현재 그게 가능한 인물은 누가 있는지도 논의할 필요가 있다.

나 또한 수많은 우려와 비판이 왜 나오는지 이해하지만, 때문에 결국 비현실적이고 추상적인 대화로 그치는 게 아닌가 생각한다. 긍정적인 에너지는 더 부각시키고, 부정적인 에너지는 최대한 덜어내는 방향으로 가길 바라는 입장에서 깊이 있고 현실적인 논의가 이뤄지길 바라는 마음이다. 궁극적으로는 BTS와 아미처럼 시대에 필요한 메시지와 함께 '선한 영향력'을 확산시키고 싶다.

인플루언서의 사회적 책임

최근에는 아이돌이나 인플루언서들이 사회적으로 많은 영향을 미치고 있다. 또 그런 미래를 꿈꾸는 청소년이나 청년들도 많다. 꼭 유명한 연예인이 되지 않아도 SNS나 유튜브 등 1인 미디어를 통해 누구나 유명세를 탈 수 있는 시대다. 하고 싶은 일을 찾아 자신만의 방식으로 선보일 수 있다면 이를 뒷받침하는 도구는 얼마든지 존재한다. 튀지 않고 무난한 삶이 최고라고 여겼던 과거와 달리 자신의 이야기를 자신만의 방식으로 꺼내어 사람들의 관심과 흥미를 끌 수 있다면 그 자체로 '유능한 관종'이라 할 수 있다. 실제로 아이돌이나 인플루언서를 통해 영향을 받고 위로를 얻으며 또 다른 사람들에게도 영향을 미치는 선한 영향력이 선순환으로 이어지기도 한다.

내가 학교에 현장 강의를 다녀보면 많은 학생들이 유튜버나 틱톡 등을 통한 인플루언서를 꿈꾼다. 다만 아직은 그저 수단과 방법을 가리지 않고 유명세를 얻어 돈만 벌면 된다고 생각하는 청소년도 적지 않다. 올바른 가치관과 내실 없이 인플루언서가 되었을 때 정말 눈에 보이는 것처럼 화려하고 좋기만 할까? 당연히 아니다.

학창 시절 막연하게 프로게이머를 꿈꾸던 때가 생각난다. 방송에서 보이는 화려한 모습에 프로게이머에 입문했는데, 그토록 바라던 곳에 도달한 후에는 점점 더 잦은 좌절감을 맛보아야 했다. 연예인이나 인플루언서도 비슷한 부분이 있다. 겉으로 보이는 화려한 생활, 엄청난 인기, 막대한 수익을 생각하면 이보다 매력적인 직업이 있을까. 그러나 인기를 얻고 돈을 많이 번다고 해서 미래에 대한 불안감이 없는 것은 아니다.

나는 정치 참여와 유튜버 등으로 바쁘게 활동하면서 감사하게도 과분한 사랑을 받고 있다. 많은 이들이 내 발언을 응원하거나 혹은 후원하기도 한다. 너무나 감사하지만 한편으로는 잡히지 않는 구름 위에 붕 떠 있는 듯 불안한 마음이 불쑥 올라올 때도 있다. 나는 여전히 20대 초반의 철부지와 달라진 게 없는 것 같은데, 이래도 되는 걸까? 추락이 아니라 연착륙을 하고 싶은데 내가 그 방법을 알고는 있는 걸까? 더불어 유튜브 채널 구독자가 늘어나고 강의를 듣는 학생들이 시청하기도 하니 유튜브에서 솔직한 이야기를 털어놓는 것이 점점 조심스러워졌다. 만약 힘들다며 약한 모습을 보인다면 그에 영향을 받는 사람들이 있을 수 있고, 그렇다고 늘 밝은 모습만 보여 주자니 그 역시 솔직하지 못한 면이 있을 수 있어 고민이 된다. 이런 고민 역시도 대중과 소통하고자 얼굴을 알린 사람으로서 마땅히 감당해야 할 몫이다.

일부 인플루언서들은 대중의 사랑과 관심을 당연한 호응으로 받아들이는 실수를 하기도 한다. 대중에 대한 자신의 영향력을 간과하고 비윤리적이거나 때로 혐오적인 가치관을 고스란히 드러내거나 심지어 부추기는 일도 있다. 누군가는 이처럼 자신이 가진 모든 것이 환경이나 인맥 등의 도움 없이 온전히 개인의 능력 덕분이라는 오만함으로 세상을 무시하고, 반대로 또 누군가는 그 자리에 있게 해준 대중의 관심에 감사함을 느끼고 그 영향력을 사회에 긍정적으로 돌려주기 위해 노력한다. 이렇게 극단적인 두 갈래의 길이 있다면 우리는 과연 어떤 길을 선택할까. 나는 여기서 올바른 선택을 하는 것이 바로 인플루언서가 가져야 할 사회적인 책임이라고 본다.

연예인 장나라 씨가 사회에 크게 기부하면서 이런 말을 한 적이 있다. "이 기부는 제 돈이 아니라 팬분들이 주신 돈으로 하는 것입니다." 그 얘기가 굉장히 인상깊었다. 이뿐만 아니라 유명한 연예인들이 도움이 필요한 곳에 기부를 하기 시작하면서, 언젠가부터는 팬들도 기념할 일이 있을 때 연예인에게 선물을 하는 대신에 기부를 하는 팬덤 문화가 자리 잡히기도 했다.

영향력 있는 사람이 앞장서서 어떤 행동을 했을 때 누군가는 한 번쯤 흘깃 관심을 가지게 되고, 또 누군가는 그걸 보면서 함께 행동에 옮기거나 용기를 낸다. 당장 큰 변화가 생기지는 않더라도 그 마음과 작은 행동 하나하나 자체가 큰 의미가 있다고 생각한다. 어쩌면 내가 변화를 이끌어줄 누군가를 간절히 기다렸듯 많은 사람들에게도 그런 계기가 필요했을지도 모른다.

최근 인플루언서들은 정치인보다도 오히려 대중들에게 더 큰 영향력을 끼칠 수 있는 존재가 되었다. 결국 타인의 관심이 축적되어 셀럽이 되고 돈과 인기를 얻는 것인데, 정치적으로 쓰이지 않더라도 공동체 사회를 위해 나누려는 노력이 팬에 대한 보답이자 사회적 책임 아닐까. 강요할 수는 없는 문제지만 그들의 사회적 책임과 '선한 영향력'을 통해 사회가 조금 더 긍정적인 방향으로 나아가고, 특히 자라나는 청소년들에게도 좋은 길과 기회가 열렸으면 한다.

문화 예술이 세상을 바꾼다

나는 〈무한도전〉을 보면서 자란 일명 '무한도전 키즈' 세대다. 아쉽게 종영했지만 지금까지도 예전 방송을 반복적으로 돌려보는데, 나뿐만 아니라 내 또래의 많은 청년들 역시 아직도 〈무한도전〉을 꾸준히 찾아본다고 한다. 〈무한도전〉은 말 그대로 노래, 에어로빅, 댄스 스포츠, 레슬링, 봅슬레이, 연기 등 각양각색의 여러 분야에 도전하거나 리얼 버라이어티 형식 안에서 추격전이나 토크쇼 등 다양한 장르의 예능을 선보이는 방송이었다. 그리고 가장 중요한 건 일종의 캐릭터 쇼였다는 사실이다. 멤버들 각자의 캐릭터가 한데 얽혀 그들만의 스토리를 만들어 냈다.

그들이 프로그램 제목 그대로 치열하게 도전하고 실패하더라도 다시 시도하는 모습, 나이가 불혹이라고 투덜거리면서도 땀 흘리고 넘어지며, 또다시 일어서는 모습은 시청자들에게 웃음과 함께 깊은 감동을 남겼다. 어쩌면 아무 생각 없이 웃고 몰입했던 그 당시보다 지금 어른이 된 나에게 더 큰 에너지와 말 그대로 '무한 도전'하는 용기를 전해 준다.

그땐 〈무한도전〉 멤버들이 전부 어른처럼 보였는데, 이제 그 시절의 멤버들보다 지금의 내 나이가 더 많아졌다. 그들은 제자리에 있는데 나는 혼자 껑충 세월을 지나 성인이 된 것 같기도 하다. 지금도 〈무한도전〉을 보면 그 시절에 내가 느꼈던 감정과 분위기가 떠오른다. 그때 내가 어떤 생각을 했었는지, 꿈은 뭐였는지, 방송을 보던 우리 가족의 분위기는 어땠는지 말이다. 아마 많은 내 또래들이 〈무한도전〉을 보면서 그때의 자신에 대한 그리움을 느끼지 않을까. 90년대나 00년대의 음악을 자주 듣는 이유도 비슷하다. 아버지가 살아 계셨을 때, 차에서 노래를 틀고 함께 여행을 가던 추억 같은 것들이 음악을 매개로 하여 기억의 수면 위로 떠오르기 때문이다.

한동안은 싸이월드 시절의 bgm으로 인기 있던 노래들이 다시 유행하기도 했다. 그 노래를 다시 들었을 때의 복잡 미묘한 감정을 어떤 말로 정확하게 설명할 수 있을까? 물론 지나고 보면 그때의 내가 몸서리치게 창피한 기억도 있고, 애틋하고 아련한 마음도 있다. 또 한편으로는 슬픈 마음도 드는데, 결국은 그 시절에 대한 어떤 그리움이 아닐까 싶다. 순간적으로 그런 감정에 압도당하는 경험을 무엇이 또 가져다줄 수 있을까.

지금의 10대는 어떨까. 내가 만나보면 그들 역시 마찬가지다. 지금 관심 있는 연예인, 유튜브, OTT, 예능이나 드라마가 그 시절의 추억을 만들고 또 성인이 되는 데까지 자양분의 일부가 되어 쌓이고 있다. 내가 강연을 가서 정치 이야기 대신 BTS 이야기를 하는 이유는 간단하다. 정치 이야기보다 '유튜버 중에서 누구랑 친한지'를 더 궁금해하는 친구들이 많기 때문이기도 하지만, 무엇보다 가장 관심 있는 분야를 통해서 중요한 가치를 녹여 내야 한다고 생각하기 때문이다. 우리에게 가장 친숙한 문화 예술을 통해서 선한 영향력을 나누고 바람직한 가치를 배워갈 수 있다면 그보다 좋은 교육은 없을 것이다.

우리 모두는 각자의 위치에서 더 나은 방향과 더 좋은 세상을 만들어갈 수 있다. 정치인은 정치를 통해서 이를 구현하고자 한다면 누군가는 철학으로, 음악으로, 예술로 풀어 가는 것이다. 정치가 법과 제도를 통해 세상을 바꾸고 있지만, 한편으로는 문화가 만드는 변화가 대중들의 인식과 트렌드에 훨씬 큰 영향을 끼치는 것도 사실이다. 사실 나도 개인적으로 게임을 통해 페이커처럼 선한 영향력을 끼치는 문화인이 되고 싶었는데, 지금은 〈무한도전〉과 BTS의 팬으로서 그들의 영향력을 응원하는 역할로 만족하고 있다.

변화는 공감에서 시작된다

사람은 누구나 '내 일'이 되었을 때 진심으로 몰입하고 공감할 수밖에 없다. 환경 문제나 기후 문제도 피부로 와닿지 않아 먼일처럼 느껴지는 때가 있었지만, 우리의 삶 전반을 바꿔놓은 코로나19도 결국 기후 문제와 깊이 연결되어 있다는 사실이 밝혀졌다. 기후 위기로 생물 다양성이 줄어들고, 다양한 생태계에서는 소수에 집중되지 않았던 병원균이 결국 인간에게로 옮아질 가능성이 높아졌다는 것이다. 실제로 세계보건기구(WHO)에서는 기후 위기로 인해 병원균에 대한 인간의 감염성이 높아졌다고 분석하기도 했다.

오늘날의 정치적 이슈나 사회적인 다양한 논쟁 역시도 현실의 문제를 바꾸고 개혁하기 위한 목적이기도 하지만, 궁극적으로 다음 세대를 위해 더 나은 세상을 가꾸기 위한 노력이기도 하다. 다만 이러한 논의를 하는 데 있어서 그 이슈가 내 일처럼 와닿지 않으면 논의에 참여하는 의지 자체가 줄어들 수밖에 없다. 그래서 교집합을 만들고 누군가를 설득하는 데는 기술이 필요하다. 아리스토텔레스는 상대방의 마음을 파고드는 전략에 대하여 로고스, 파토스, 에토스를 언급했다. 로고스는 발신자의 논리적 설득 전략, 파토스는 수신자의 심리를 이용하는 전략, 에토스는 공신력을 얻는 태도에 관한 전략이다. 어떤 주장을 뒷받침하는 논리와 근거가 중요한 것은 당연하지만, 상대방과의 공감대를 형성하고 정서적 일체감을 쌓는 노력도 그에 못지않게 중요하다는 것이다.

나도 중·고등학교에 강의를 다니면서 우선 학생들의 관심사를 파악하려고 한다. 아무리 좋은 이야기라도 관심사에서 벗어나 있으면 귀에 들어오지 않는다는 걸 경험으로 알고 있기 때문이다. 그래서 학생들을 대상으로 강의할 때는 아이들의 문화와 생각을 귀 기울여 살피고 내가 먼저 공감하며 눈높이를 맞추려고 노력한다. 학교에서는 정치적인 이야기를 하지 않지만, 가끔 일부 학생들이 유튜브를 보고 “선생님, 좌파예요?”라고 웃으면서 놀리는 경우가 있다. 그러면 발끈하기보다 ‘좌파라는 단어가 아이들에게 놀림거리이자 부정적인 인식’이라는 사실을 인지하고 향후 이런 비슷한 학생들과 어떻게 대화하고 설득할지 고민한다.

‘게임’이나 ‘유튜브’라는 키워드를 보면 언뜻 불건전하고 비생산적인 느낌이 들 수 있지만, 10대 청소년들에게 이 역시 오히려 중요한 소통의 도구가 된다. 미디어 리터러시 교육도 중요하다고 강조했지만, 아무리 필요한 지식이라 해도 교과서 외우 듯 전달하면 실제로 마음에 와닿고 행동으로 옮겨지는 데는 한계가 있다.

나는 지난 수년간 다양한 분야의 인플루언서를 만나며 소통해 왔다. 광고비로 수백, 수천을 벌며 남부럽지 않은 삶을 사는 것처럼 보이는 이들도 많지만 막상 더 깊은 이야기를 나눠보면 각자의 어려움이나 아픔도 적지 않다. 대부분은 악플이나 신상 털이 등으로 인한 고통인데 이는 한 사람의 삶을 피폐하게 만들기 충분할 만큼 악질적이다.

그래서 나는 강의에서 청소년들이 관심이 많은 인플루언서의 장점과 동시에 '악플의 심각성'에 대해서도 생생하게 전달하곤 한다. 단순히 '악플은 나쁘다'는 교과서적인 가르침을 말하는 것이 아니다. 실제로 나와 지인들이 겪었던 구체적인 사례와 경험담을 이야기한다. 바로 눈앞에 있는 사람이 현실에서 겪었던 아픔과 고통은 교과서에 나오는 문장과는 또 다른 공감대를 불러일으킬 수 있다. 그리고 이에 그치지 않고 고민해볼 만한 문제를 던지려고 한다.

"여러분이 온라인에서 무엇을 하든 여러분의 자유입니다. 내 마음에 들지 않는다고 막을 생각은 없습니다. 말한다고 듣지 않을 걸 잘 압니다. 저는 물론이고 선생님, 부모님조차 여러분들의 자유를 억압할 수는 없습니다. 하지만 여러분들 각자의 판단에 스스로 책임을 져야 한다는 점, 특히 모든 언행들이 '영구 박제'된다는 점을 절대로 잊어선 안 됩니다. 여기저기 아무렇게나 남긴 것이 훗날 본인에게 어떻게 돌아올지 모릅니다. 후회하더라도 그땐 이미 늦었다는 걸 알아야 합니다."

이런 상황에 몰입해 스스로 고민하다 보면 자연히 다음 질문이 나온다.

"선생님, 그런 악플러들은 처벌 안 받나요?"

언젠가는 이런 문제가 자신의 일이 될 수도 있다고 공감하면서 그 다음 단계를 생각하게 된다. 사실 우리 사회에서 악플은 너무 오래된 문제이다 보니 이미 대중들이 다소 둔감해진 것도 사실이고, 심지어 인플루언서들은 막대한 부와 인기를 누리는 만큼 '악플도 감당해야 한다'는 인식도 있다. 그렇다고 해서 악플 문제를 이대로 방치하는 것은 제3자로서의 방관이다. 이를 해결해가기 위해서는 '악플을 감당하지 못하는 멘탈이 문제'라는 식의 시선이나 '지겨우니 그만 언급하라'는 식의 외면이 아니라, 그것이 '내 일'이 될 수도 있다는 깊은 공감대가 필요하다.

누군가 문제를 호소하고 있다면 분명히 그들이 불편함이나 고통을 느끼고 있다는 뜻이다. 악플뿐 아니라 젠더 갈등도, 청년 취업 문제도, 인구 절벽과 고령화 문제 등 모든 사회적 이슈가 이에 해당될 것이다.

만약 자신이 그 불편함과 고통을 겪은 적이 없어 전혀 공감할 수 없다면, 자신이 다른 사람의 희생 위에 올라앉은 기득권이거나 그저 운 좋게 특정 계층에 속하지 않은 방관자일지도 모른다는 사실을 한 번쯤 돌아보는 것도 좋겠다. 자신이 아직까지 겪어본 적 없는 일이라도 언젠가는 그게 내 일이 될 수 있다. 혹은 틀림없이 내 가족, 친구, 이웃이 겪을 수 있는 일이다. 그래서 나는 정치적 활동이나 사회적 운동에 앞서 어떻게 변화를 이끌 만한 공감대를 형성할 것인지를 가장 첫 단계로 여기며 고민하고 있다. 그저 힘없이 울리는 메아리가 아니라 사람들의 마음에 깊이 닿을 수 있는 메시지를 전달할 때 이 세상의 고통을 줄이고 행복을 늘려가는 데 작은 힘이라도 보탤 수 있을 거라 믿는다.

이 시대에는 SNS가 필요하다

선거철이 되면 많은 국민들이 후보 목록과 투표 용지 앞에서 같은 생각을 할 것이다. '이런 사람이 있었나?' 당원이나 지지자들과 적극적으로 소통하는 정치인들이 있는 반면, 평소에는 어디에서 뭘 하는지 전혀 모르다가 선거철이 되어야 이름만 듣게 되는 정치인들도 상당히 많다. 이는 소수의 정치인들이 다수의 몫까지 대표하고 감당하고 있다는 뜻이다. 이를테면 소통에 적극 나서는 정치인들이 오히려 무수히 많은 화살을 맞게 되는 경우가 있다. 대중들이 기억하는 정치인에게는 자칫 '말은 거창하게 하더니 당신도 똑같다', '개혁하는 척하더니 당신이 더 나쁘다'는 등의 비판이 쏟아지기도 한다.

다만 이는 그만큼 평소 지지자들이 분노를 제대로 표출할 기회마저 없었다는 뜻이자, 정치적 민주주의와 눈부신 기술 발전에도 불구하고 이에 걸맞은 원활한 커뮤니케이션의 장은 열리지 않았다는 의미라고 봐야 한다. 일부 도를 넘은 비난을 제외한 대다수 시민들의 비판은 충분히 합리적이지만, 이에 대한 정치인들의 적극적인 소통과 토론은 좀처럼 이루어지지 않고 있다. 그 와중에 뼈아픈 비판을 감당하며 최대한 소통하고자 하는 몇몇 정치인들이 오히려 대단하다고 볼 수 있다. 그러나 정치인 한두 사람의 힘으로는 세상을 바꿀 수 없다.

정치인들을 향한 오해도 분명 존재한다. 세세하게는 먹고사는 문제부터 지역구 민원, 법안 연구 등 바쁜 일정을 소화하면서 기본적인 의회 절차를 따르다 보면 상당한 시간이 소요된다. 거기에 민감한 정치적 현안의 경우에는 언론과 정치적 공세로 인해 더 많은 벽을 넘어야 한다. 그러나 바쁜 일상과 현실을 고려해도 시민들과 소통 의지를 가지고 있는지는 아주 중요한 문제다. 다만 우리나라 정치권의 현재 상황에서는 소통하는 정치인이 많지 않다. 오히려 다른 이유로 축적된 시민들의 분노가 소통에 나선 정치인을 향해 쏟아지는 경우도 있다. 이때 정당 내부와 외부에서 각각 다른 이유로 민심을 잃게 되는 아이러니한 상황이 생겨나기도 한다.

이런 현실을 최소화시키기 위해 정치와 시민 중간의 '가교 역할'을 자처한 것이기도 하다. 내부에서 의지를 가지고 밤낮없이 고민했다 한들 진행 과정이 시민들에게 제대로 전달이 안 되면 '아무것도 하지 않는 것'처럼 보일 수밖에 없다. 치열하게 고민해서 내놓은 정책을 왜 몰라주느냐고 억울해하는 정치인들도 있다. 때로는 최선을 다하는 정치인들이 오히려 정체된 것처럼 보이기도 한다. 이는 결국 효능감을 주지 못한 것이다. 이들은 가끔 잘못된 방향으로 시민을 탓하거나 언론에서 주목받는 정치인들을 시기하고 질투하기도 한다.

이를 해결하기 위한 첫걸음은 당원이나 국민과의 커뮤니케이션을 지금보다 훨씬 더 적극적이고 효율적으로 확장시키는 것밖에 없다. 그저 언젠가는 누군가 자신의 진정성을 알아줄 것이라고 믿는 자세는, 안타깝지만 지금으로서는 상당히 시대착오적인 태도다. 밀실 정치는 이제 역사의 뒤안길로 사라지고 있다. 안 그래도 바쁜 일상에서 온 세상이 시끄러울 만큼 떠들어야 겨우 정치에 관심을 가질까 말까인데, '저절로 진정성과 성과가 전달될 것'이라는 생각은 안일한 발상일 수밖에 없다. 특히나 민감한 사안에 대해서는 전달 과정에서 무수히 많은 왜곡과 공격이 쏟아지기도 한다. 나의 신념이 올바르다고 한들 묵묵히 견디고 입을 다문다면 그것이 어느새 진실이 되어 버린다. 그렇게 한 번 전선이 구축되고 나면 나중에 바꾸기는 굉장히 어려워진다는 걸 잊어선 안 된다.

SNS라는 소통 창구가 사실 말도 많고 탈도 많은 것도 사실이다. 하지만 수많은 정보들이 실시간으로 쏟아지는 요즘 같은 시대엔, 조용한 행보보다는 적극 소통하며 스스로 '관종'이 되는 노력이 필요하다. 기왕이면 자신의 역할과 한계를 찾아 '유능한 관종'이 되는 게 좋다. SNS를 활용하여 어떤 좋은 정책이 있을 때 어떻게 알리고 홍보하여 사람들의 지지를 모을 것인가, 또 어떻게 더 다양한 목소리를 듣고 소통할 것인가 그 방법을 찾는 것도 중요한 문제다. 성공하고 싶어 하는 청년들, 사회의 약자들, 소외된 그룹 등을 위한 정서적 공감대를 형성하고, 노무현 전 대통령이 말씀하신 '깨어 있는 시민의 조직된 힘'을 어떻게 더 단단하고 넓게 확산시켜 나갈 것인지 끊임없이 고민해야 한다. 시대가 변하고 있고 다양한 커뮤니티,

플랫폼, 소통 창구가 생겨났다면 거기에 맞게 '맞춤형'으로 우리들의 이야기를 알리기 위해 최선을 다해야 한다.

우리 주변에 넘쳐나는 소통의 도구를 활용할 의지만 있다면, 그리고 정치를 통한 변화를 원하는 시민들의 건강한 구심점이 만들어질 수 있다면 정치 참여는 과거와 비교도 되지 않을 만큼 오히려 활발해질 수 있다고 본다. 시민들 역시 비판할 지점은 정확히 비판하되 잘한 일은 칭찬하고, 또 개혁에 의지가 있다면 단순한 응원을 넘어 적극적인 지지도 보낼 수 있을 것이다. '도대체 저 정치인은 뽑아 놨더니 뭘 하는 거야?' 하는 의문 혹은 분노를 합리적인 토론의 장으로 이끌고, 그곳에 모이는 시민들의 연대와 힘을 확인할 때다.

청년들이여, 기성세대에게 묻지 마라

'라떼는 말이야'라는 문장이 하나의 밈이 될 만큼 젊은 세대에서는 꼰대에 대한 경계심과 불만이 커졌다. 분명 어른들이 앞서 겪어온 인생 경험이 다음 세대에게 유용한 가치와 지적 재산으로 이어질 수도 있다. 하지만 자신의 경험과 생각에 대한 강한 확신을 토대로 본인만이 정답인 것처럼 강요하는 태도는 문제가 된다. 이러한 강요는 지금의 시대 분위기와도 맞지 않을뿐더러 그에 대한 반발만 일으키기 쉽다. '정치에 관심을 가져야 한다'는 막연한 소리만으로 청년들의 마음을 돌릴 수 없는 것과 마찬가지다.

남들이 정해놓은 인생 루트를 따라가면 무난하게 중산층으로 살아갈 수 있었던 과거와 달리 오늘날 청년들의 미래는 불확실하다. 그것이 현실이다. 행복에 가까워지려면 사실상 내가 소유한 것을 늘리거나 혹은 욕망을 줄여야 한다. 그러다 보니 아예 내 집 마련을 포기하거나 일확천금을 노리고 비트코인에 빚까지 져서 투자하는 사회 현상이 나타난다. 우리나라는 OECD 자살률 1위 국가로, 20대의 죽음 절반이 자살이라고 한다. 청년 고독사도 2017년에 63명에서 2020년에는 102명으로 증가했다. 10명 중에서 3명이 비정규직으로, 비정규직 806만 명 중에서 20, 30대 비정규직이 30%를 차지한다. 이러한 문제를 지적하는 목소리도 필요하지만, 동시에 왜 이런 현상이 벌어지는지 들여다보는 노력도 매우 중요하다.

젊은 층을 중심으로 '소확행'이라는 말이 유행처럼 퍼졌다. '소소하지만 확실한 행복'을 뜻하는 말이다. 이를 단순히 젊은 세대의 욕구라고 여기지 말고 그들이 왜 커다랗고 엄청난 행복이 아니라 소소하고 확실한 행복을 원하는지 생각해봐야 한다. 코로나 시국에는 인테리어 콘텐츠가 엄청난 인기를 끌기도 했다. 주목해야 할 점은 4인 가구 기준의 중산층 가정이 아니라 5평짜리 원룸 인테리어를 얼마나 예쁘게 할 수 있는지에 관심이 모였다는 사실이다. 열심히 일해도 원룸을 벗어나기 어려운 상황에서 '내 집 마련'이라는 번듯한 꿈보다는 현재에 닿을 수 있는 행복에 집중하는 것이다.

연애, 결혼, 출산, 집, 인간관계를 넘어 꿈과 희망까지 포기한 'N포 세대'라는 말이 이제는 당연해졌다. 꿈과 이상을 좇는 건 어느새 배부른 소리가 됐다. 대한민국은 과거 짧은 기간 내에 비약적으로 성장했지만, 덕분에 그 성장세를 함께한 기성세대와 IMF로 허덕이던 시절에 태어난 지금의 청년세대가 극단적으로 다른 삶을 경험하고 있다. 피땀 흘려 경제대국을 일궈낸 기성세대 입장에서는 청년들이 나태하게 불평불만만 늘어놓는 것처럼 보이고, 반대로 청년들은 넘을 수 없는 부익부 빈익빈의 벽 앞에서 공정한 경쟁과 성취가 불가능하다는 현실을 느끼고 허탈함에 빠졌을 것이다.

그런 청년들에게 정치권이 해야 할 역할은 무엇일까. 'MZ 세대는 이래서 안 된다'고 훈계하기 전에 그 아픔을 들여다보고 작은 희망이라도 꿈꿀 수 있게 하는 방법이 무엇인지 고민해야 하지 않을까. 2030 세대는 정신적 치안의 사각지대에 놓여 우울한 사람들이 점점 많아지고 있다. 교육 개혁, 인재 육성 과정, 산업 구조 개혁, 취업 문제 해결 등 여러 사안에 대해 근본적 해결책이 주기적으로 언급되고는 있으나 현실적으로는 지지부진하다.

다만, 희망의 불씨는 분명히 있다고 본다. 여전히 대한민국은 빠르게 변화하고 있고, 새로운 문화가 끊임없이 형성되는 중이다. '아무리 발버둥쳐도 변하는 건 없다'는 소수 권력층의 오만한 관점을 깨부수는 사건들도 생겼다. 국민들이 광화문 광장으로 모이고, 촛불을 들었으며, 변화가 가능하다는 경험과 희망을 발견했다. 그런 의미에서 기성세대와 다른 삶과 경험을 바탕으로 미래의 역사를 이끌어갈 청년들의 역할은 앞으로 더욱 중요해질 것이다. 앞으로는 필연적으로 청년들이 기성세대의 자리를 대체하여 세상을 이끌어가게 될 테니 말이다.

사실 나 역시 청년세대로서 더 나은 미래를 원하지만 동시에 내가 할 수 있는 일이 무엇인지 생각하면 마냥 마음이 편하지만은 않다. 예전에 〈무한도전〉에서 멤버 중 누군가 "유재석 없는 무한도전, 유재석 없는 예능 판은 상상도 하기 싫다."라는 이야기를 한 적이 있다. 유재석은 그때 가장 현실적인 답변을 했다. 어쩔 수 없이 시간은 흐르기 마련이고, 결국은 다음 세대의 후배들이 더 열심히 그 자리를 채워나가야 할 것이라고 말이다. 당시에는 그저 시청자로서 별생각 없이 바라봤는데, 내가 사회에 나오니 한 명의 청년으로서 비슷한 고민을 하게 된다. 나의 롤모델이 되어 주고 소중한 조언을 건네주던 주변 어른들도 한두 분씩 은퇴하는 시기가 오고 있다. 시간은 흐르는데, 우리 세대는 그 자리를 훌륭하게 대체하고 이전보다 나은 세상을 만들어갈 수 있을까?

유시민 작가님이 지난 대선 투표를 앞두고 〈100분 토론〉에서 하신 말씀으로 대답을 대신한다.

"기성세대에게 답을 묻지 마라. 매 세대는 그전 세대보다 더 똑똑하고 더 많이 배우며 진취적이다. 그러니 청년들은 스스로 답을 찾고, 부딪치고 투쟁하고 설득하면서 바꾸어 나가면 된다."

이에 많은 청년들이 호응했고, 나 역시도 한 대 맞은 듯한 기분이 들었다. 자신을 믿고 세상과 부딪치다 보면 우리는 우리에게 걸맞은 변화를 일궈낼 것이다. 실수하고 실패하며 주춤하더라도 계속해서 시도하고 답을 찾아 나가야 하며, 그러다 보면 우리도 어느덧 새로운 기성세대가 되어 있을 테다. 그리고 그때 나 역시 청년들이 스스로 답을 찾아 나가려는 열정과 시행착오를 응원하는 어른이었으면 한다.

에필로그

포기하지 않았다면 아직 실패가 아니다

자유로운 삶을 추구하며 프로게이머로서 사회생활을 시작했지만 어쩌다 보니 정치권에 발을 들이고, 지금은 또 유튜버라는 새로운 직업으로 대중들에게 많은 메시지를 전하는 일을 하고 있다. 프로게이머 시절부터 악플이 끊이지 않았지만 또 그만큼이나 과분한 사랑을 받고 있다고 생각한다.

내 마음속 깊은 곳에는 항상 불안감이 자리하고 있다. 우리 사회는 격변의 역사로 끊임없이 변화해 왔지만 최근에는 오로지 성장만을 추구하는 획일적인 문화 속에서 청년들의 삶도 그 미래가 밝지만은 않아 보인다. 좋은 대학을 나오고 번듯한 직장을 다녀야만 성공한 사람이 되는 사회에서는 행복과 여유마저 사치처럼 느껴진다. 물질만능주의, 스펙지상주의가 만연한 현실에서 나는 패배자일지도 모른다. 경쟁에서 이탈했을 때 나약하고 능력 없는 인간으로 취급하는 사회적 인식은 나와 같은 사람들의 목소리를 점점 더 작아지게 만든다.

가끔 피어나는 불안감 속에서도 일부러 목소리를 높이고 매 순간을 도전하는 마음으로 살아가려고 한다. 특히 청년문화포럼 활동 당시 리더를 맡은 경험이 나를 끝없이 도전하는 삶을 살아가도록 채찍질했다. 나를 믿는 수많은 사람의 기대에 부응하기 위해서라도 변화를 위해서 도전해야 했다. 시간이 걸리고 꽤 긴 거리를 돌아가더라도 포기하지 않으면 결국 불가능은 없다는 사실을 느낄 수 있었다.

유튜브도 마찬가지였다. 내가 유튜브를 한다고 했을 때 개나 소나 유튜버한다는 비아냥도 들었다. 그런데 이상하게도 '네가 할 수 있겠느냐'는 식의 비웃음을 받으면 더 큰 열정이 생긴다. 프로게이머 시절부터 받아온 악플에 단련이 되어서인지, 오히려 그렇게 얕보는 시선이나 조롱을 동력 삼아 더 집요하게 달릴 수 있게 된다. 그들에게 보이기 위해서가 아니라 나 스스로에게 증명하고 싶었다. 바위 틈에서 비집고 나온 나라는 작은 물줄기도 흐르고 흐르다 보면 넓은 바다에 도달해 그 일부를 이루고, 때로는 작은 파도를 만들 수 있으리라는 사실을 말이다.

과거에는 오히려 열등감에 젖어 남을 시기하고 질투하기도 했으며 낮은 자존감에 고통스럽기도 했던 내가 지금 이 같은 청년으로 살아갈 수 있는 것은 대단한 업적을 이루겠다는 거창한 사명감 때문이 아니다. 내게 추후 정치 참여에 대해서 묻는 사람들이 많은데 여전히 직업 정치에 뛰어들 생각이 전혀 없다.

청년들에게 정치가 다소 어렵고 전문적인 분야처럼 느껴질 수 있는 상황에서, 누군가는 국회 밖의 청년들과 소통하고 그들의 관심을 모으는 역할을 해야 한다고 본다. 그러한 청년들의 언어와 문화에 맞추어 소통하는 것이 지금 내가 가장 유능하게 쓰일 수 있는 영역이다. 또 정치와 청년, 청년세대와 기성세대를 잇는 가교 역할까지가 역량에 맞는 위치라고 생각한다. 다만 내가 터놓은 변화의 단초를 통해 훌륭한 청년들이 정치에 과감하게 뛰어든다면 더할 나위 없이 기쁠 것이다.

계속해서 새로운 일을 하면서 나 자신도 예상하지 못했던 삶을 살고 있지만, 결국 내가 궁극적으로 향하는 길은 '희망이 보이는 사회'다. 지치더라도 멈추지 않는다면 세상은 어제보다 오늘 더 나아질 것이라는 희망을 이야기하고 싶다. 그래서 때로는 마음속에 있는 불안한 나까지도 속이면서 더 과감하게 변화를 일으키려 노력하고, 그 과정에서는 또 기꺼이 무수히 많은 실패를 반복해 나갈 것이다. 실패한다는 건 그만큼 많이 도전했다는 뜻이기 때문이다.

마지막으로, 내 삶을 크게 바꿔 주신 채현국 선생님의 말씀을 늘 잊지 말아야겠다는 다짐을 한다. 많은 이에게 조금이나마 용기와 위로가 전해졌으면 좋겠다.

"성공의 반대는 실패가 아닌 포기다."

부록 — 인터뷰

황희두, 현 정치를 말하다

청년 황희두는 청년문화포럼을 설립하고 현재는 유튜브 '알리미 황희두'로도 각종 정치와 시사 뉴스를 다루고 있지만, 정치인은 아니며 정치인이 될 생각도 없다고 말한다. 다만 프로게이머 출신으로서 게임과 정치를 연결하고, 기성세대와 청년세대를 이어 주며, 우리가 체감하는 현실과 정치적 영역의 소통이 가능하도록 가교 역할을 하는 것이 자신의 소임이라 여긴다. 새로운 길을 연결하고 걸어가려는 청년 황희두가 생각하는 청년 정치와 우리에게 주어진 미래 과제는 어떤 모습일까.

Q. 청년으로서 바라보는 지금의 청년 정치는 어떤가.

내가 다양한 목소리를 듣고 활동하면서 청년 정치에 대해 가장 크게 느끼는 문제점은 모든 이야기가 너무 추상적이라는 점이다. 혐오, 분열, 갈등은 좋지 않으니 통합해야 한다, 청년들의 목소리를 들어야 한다는 이야기는 물론 다 맞는 말이지만 수없이 막연하게 반복되다 보니 더 이상 아무에게도 울림을 주지 못하고 있다. 기본적으로 청년이라는 대상 자체를 'MZ세대'라는 키워드로 일반화하거나 하나의 집단으로 바라볼 것이 아니라, 그 특성과 본질을 깊게 이해할 수 있어야 한다.

나와 같은 세대라면 아마 어릴 때부터 온 국민이 시청하는 '국민 예능'을 보고 자랐을 것이다. 토요일엔 〈무한도전〉, 일요일 밤에는 〈1박 2일〉, 〈개그콘서트〉 엔딩 음악을 들으며 월요병이 시작되곤 했다. 요즘 청소년들에게는 그런 공감대가 없다. 유튜브, OTT, 커뮤니티 등 정보 유통 창구와 미디어 소비 행태가 완전히 파편화되어 일명 '국민 예능'이라고 할 만한 프로그램은 사라진 지 오래다. 그만큼 관심사나 취향이 완전히 흩어져 있다. 그런데 나이대가 비슷하다고 해서 청년, 청소년들을 하나의 카테고리로 넣어 바라볼 수 있을까? 편의상

MZ세대라고 표현하기는 하지만 그 범위는 엄청나게 넓다. 관심사나 특성도 다양하기 때문에 누군가가 MZ세대를 상징하거나 대표할 수는 없다. 그래서 청년들을 규정하는 프레임에서 우선 벗어나야 한다는 생각이다.

마찬가지로 단순히 생물학적인 나이가 젊다고 해서 청년 정치라고 볼 수는 없다. 간혹 여의도 안에서 배지를 달기 위해 줄서기 행보만을 보이는 청년들도 일부 있는데, 젊은 정치인으로 주목받고자 하는 욕망이 아니라 이처럼 파편화된 청년들의 고민 일부를 캐치하고 대변해줄 수 있어야 한다. 과거와 다르게 오늘날은 대다수 국민들이 다양한 정보와 지식을 손쉽게 접할 수 있는 시대다. 그러니 당연히 정치인에게 바라는 역할도 달라지고, 기준도 예전보다 엄격해질 수밖에 없다. 이러한 현실을 뚫고 나가기 위해 앞으로의 청년 정치는 기존의 정치적 관점에서 벗어나 새로운 시대 변화를 받아들이고 그에 맞추어 변화해야 한다.

Q. 이처럼 관심사가 파편화된 시대에 청년들이 정치에 관심을 가지고 효능감을 느낄 수 있을까.

미디어 소비 행태가 파편화되었다는 사실은 볼거리가 많다는 뜻이다. 그만큼 굳이 정치를 의식하지 않으면 무관심해지기가 쉽다. 청년들이 정치를 유용한 도구로 느끼고 참여하게 하려면 여의도 안에서 고립된 언어를 사용하지 않는 것이 첫 단계라고 생각한다. 우리가 정치 뉴스를 잘 클릭하지 않는 이유가 뭘까. 본인의 문제라고 와닿지 않기 때문이다. 정치권에서 실제로 어려운 주제를 다루기도 하지만, 일부러 그럴듯해 보이는 어려운 언어를 쓰기도 하고 또는 여의도 내부에서만 공감할 수 있는 그들만의 리그를 벌이기도 한다. 그러다 보면 어떤 이슈가 나와도 '그게 나랑 무슨 상관인가?' 하는 생각이 들 수밖에 없다.

현실에는 우리가 체감하는 문제들이 수없이 많다. 당장 내가 친구들을 만나더라도 예전에는 5만 원이면 하루 종일 놀 수 있었는데 이제는 턱도 없이 부족하다. 물가 문제뿐 아니라 학자금, 일자리 문제 등 다수가 공감하고 관심이 있는 주제로 이야기한다면 당연히 각자 한마디라도 더 할 말이 있을 것이다. 실제 정치권에서도 이런 논의가 이루어지고 있으나 거의 노출되지 않는다는 현실이 문제다. 결국 사람들은 정치에 효능감을 느끼지 못하고 점점 더 멀어지기 때문에, 어떻게 소통하고 연결할 것인지에 대한 고민이 충분히 이루어져야 한다. 또 그 연결하는 방식에 대해서도 구체적인 방안들이 있어야 한다. 얼마 전에 몇몇 정치인들이 청년들의 노동 현장 이야기를 듣겠다고 평일 오후 4시에 맥주 회동을 열었다가 많은 비판을 받은 일이 있다. 노동 현장에 있는 청년들은 오후 4시에 퇴근하는 게 어렵다는 현실을 즉각적으로 이해하고 고려하지 않으면 오히려 부작용만 키운다.

다양한 영역의 사람들과 꾸준히 소통하지 않고 일정 장소에만 고립되어 있으면 정작 정치가 필요한 사람들과 연결될 수 없다. 역할을 분담하거나 SNS를 통해서라도 밖으로 나가 귀를 기울여야 한다. 중·장기 계획이 필요한 사안이라면 그에 대해 논의하고 있다는 사실을 시민들에게 알려 그 효능감을 느낄 수 있도록 해주는 노력까지 모두 정치인들의 역할이다.

Q. 'MZ세대' 키워드가 자주 등장하는 데 비해 현실 청년들의 삶을 관통하는 정책은 부족하다는 시선이 많은데 이유가 뭘까.

정치권에서 어떤 슬로건을 내걸며 국민의 단합을 원할 때, 이제는 대다수 청년이 한 가지 슬로건에 공감하기 어렵고, 되려 '내 문제가 아니다'라고 생각할 수 있다는 점을 분명하게 인지해야 한다. 막연한 슬로건이 아니라 어떤 이슈에 구체적으로 접근하며 소통하는 노력이 중요하다. 사람들이 체감하거나 분노하는 영역은 각기 다르기 때문에 이를 면밀히 분석해서 기민하게 움직일 필요가 있다. 먹고 사는 문제, 생활, 경제 문제 등 본인이 대변하려는 청년들에게 직접 와닿는 분야의 사례를 찾아 쉽게 전달해야한다. 그래야 그에 관련된 기사 하나라도 더 클릭하고 관심을 가진다.

이를테면 69시간 근무제도 일부 MZ세대의 주장을 선불리 일반화하여 적용한 사례라고 본다. 돈을 중요하게 생각하는 사람도 있지만 '워라밸'이 더 중요해진 청년들도 적지 않아 당연히 반발이 커질 수밖에 없었다. 세계적으로 보더라도 OECD 국가 중 노동 시간은 한국이 5위를 차지하고 있다. 대부분 노동 시간을 줄이는 추세인데 우리는 왜 늘리는 것인가?

최근에는 청년들 사이에서 유명한 한 유튜브 채널에서 69시간 근무제에 대해 비판적으로 다루며 엄청난 호응을 얻기도 했다. 거기에 달린 수천 개의 댓글이나 이를 언급한 커뮤니티 반응만 보더라도 많은 청년이 어디에 공감하고 있는지, 그들의 분노와 불안은 무엇인지, 어떤 말을 하고 싶은지 충분히 알아차릴 수 있다. 평일 오후에 청년들을 여의도로 부를 것이 아니라, 여의도에서 청년들의 파편화된 공간들로 직접 찾아가야 한다. 만약 이게 복잡하거나 귀찮다고 느껴진다면 정치할 자격이 없는 것이다. 물론 오프라인에서의 만남도 중요하지만 온라인을 병행하며 목소리를 적극적으로 들을 필요가 있다. 그저 자신이 할 일을 하고 있다고 해서 소통을 등한시하는 건 정치인으로서 게으른 일이라고 본다. 또 개인적으로는 온라인 활용에 익숙한 청년 정치인들이 이와 관련된 새로운 장을 열어주길 바라는 마음도 있다.

Q. 정치적 소통이나 참여 방식에 있어 온라인이 적극 활용되어야 한다고 보는 것인가.

오프라인에서 의견을 낼 수도 있지만, 매 순간 모든 사람의 이슈를 똑같이 다룰 수 없다 보니 우선순위에서 밀리면 금방 관심이 꺼진다. 그렇게 정치권에서 시민들의 목소리를 제대로 반영하지 못한다고 생각하고, 다시 정치에 대한 혐오와 무관심으로 이어지는 악순환이 생긴다. 관심과 소통이 끊어지지 않도록 이어가기 위해서는 온라인과 미디어를 더 적극적으로 활용할 필요가 있다.

실제로 정보 유통 창구나 여론 형성의 장이 기술 발전과 함께 빠르게 변화하고 있다. 이를 따라 꾸준히 업데이트하지 않고 과거에 머물러 있으면 그대로 도태될 수밖에 없다. 컴퓨터도 꾸준히 업데이트하는데, 정치 참여나 소통 방식도 당연히 업데이트가 이루어져야 하지 않겠는가. '초연결사회'라고 하면서 SNS나 디지털 기술 발전을 긍정적으로 묘사하고 있지만 과연 우리는 정보를 원하는 사람들과 제대로 연결되어 있는지 돌아볼 필요가 있다. 이를 위해 온라인이나 미디어 활용에 익숙한 청년들에게도 기회를 줬으면 한다. 어차피 한 개인이 모든 이슈를 다루고 소화해낼 수는 없다. 개개인이 너무 많은 걸 하려고 해서도 안 되고 그럴 수도 없는 시대다. 열 명이 각자 이슈를 한 가지씩 던지면 금세 열 가지가 된다. 자신의 역할과 한계를 인정하고, 자신이 메울 수 없는 영역은 또 다른 사람들이 채우고, 굵직한 전략 외에도 전술적으로 구체적인 각자의 포지션을 찾아 행동해야 한다. 지금 시대에는 그런 식으로 분업화하여 전선을 넓혀 가는 '유능한 관종'들의 '느슨한 연대'가 실질적인 변화를 만들어갈 수 있다고 생각한다. 모든 정치인들이 가져야 할 정신은 이해찬 전 대표님이 강조해 오신 '퍼블릭 마인드(공적 의식)'이다.

Q. 꾸준히 '유능한 관종'의 중요성을 강조하고 있는데, 어떤 의미인가.

"시간은 유한하고, 정보는 무한하다."라고 강조했듯이 하루에 쏟아지는 정보나 볼거리가 수도 없이 쏟아지는 시대에, 스스로 유능한 관종이 되지 않으면 아무리 좋은 역량과 가치를 가지고 있어도 사람들과 나눌 수 없다. 아무리 좋은 정책, 이야기가 있어도 쏟아지는 정보 속에 파묻혀 결국 조용히 사라지는 게 얼마나 아까운가. 나 또한 적극적으로 사람들의 시선을 끌고 시선이 머무는 시간을 늘리려고 노력 중이다. 직접 나서지 않으면 소통 자체가 불가능하기 때문이다. 그런데 정치권에서 활동하다 보니 누군가가 나서면 관종이라고 손가락질하는 경우를 많이 봤다. 보통은 그런 말을 듣기 싫어서 아예 침묵하거나, 남에게 기회를 양보하는 선택을 한다. 그렇게 돌고 돌아 결국 누군가는 관종이라는 말을 듣게 된다. 관종이라는 말을 두려워하면서 묵묵히 자기 일만 한다고 누군가 알아주는 시대는 지났다. 리스크를 줄이기 위해 아무 일도 하지 않는다면 더 곤란하다.

지금은 누가 관종이라고 손가락질받는지 생각할 때가 아

니라, 오히려 이슈와 정보의 끊임없는 파도에 빠르게 올라타 기왕이면 자신의 실력을 보여주는 것이 더 바람직한 방향이라고 본다. 그런 의미에서 현재 정치인들에게는 이슈 선점, 공론화, 그리고 해결 능력 이 세 가지 단계가 가장 필요한 역량이 아닌가 싶다. 이러한 능력을 기반으로 파편화되고 분업화된 각 영역에서 유능한 관종들이 나와야 한다.

Q. 온라인 커뮤니티 여론의 대응 등 디지털 기반의 정치에도 관심이 많은 것 같다.

어떻게 보면 내가 가장 큰 관심을 두고 있는 영역이다. 정치적 사안에 대해 사람들의 관심을 모으고 소통하며 해결해 나가는 과정뿐만 아니라, 기본적으로 모든 정보를 나누는 데 있어 디지털이 기반이 된다. 요즘에는 미래 먹거리나, 기후 위기, 인구, 지역 소멸 등 미래에 관한 이슈도 많이 이야기하고 있는데, 문제는 그저 키워드처럼 나열할 뿐 현실적인 내용이 빠져 있는 것 같다.

실질적으로 '디지털 시대의 민주주의는 어떻게 지킬 것인지' 진지한 고민을 시작할 때다. 특히나 디지털 격차가 정보사회에서는 결국 역량의 격차와 연결되고, 그게 능력주의와 맞닿으면 더 심각한 양극화로 이어질 수 있다. '사이버불링' 문제도 이미 심각한 상황이다. 학교 폭력도 예전에는 오프라인의 문제였지만 이제는 온라인으로도 괴롭힘이 이어진다. 심하게는 피해자의 휴대폰으로 마약이나 도박을 하는 등 범죄까지 발생하기도 한다. 자영업자에게는 실질적인 가게 운영만큼이나 배달 앱의 리뷰 관리가 중요해졌고, 악의적인 리뷰 테러로

막대한 피해를 입기도 한다. 그저 디지털을 현실과 분리된 한 줌의 작은 공간으로 볼 것이 아니라, 이제 우리의 삶을 관통하는 문제라는 현실을 분명히 인식하고 빠르게 대책을 마련해야 한다.

내가 현실 정치에 뛰어들지 않고 나름의 길을 만들어 가는 이유는, 자유주의자 성향이 강해서이기도 하지만 한편으로는 법과 제도만으로 세상이 바뀌는 건 아니라고 생각하기 때문이다. 민주주의 사회에서는 법과 제도만큼 중요한 게 '국민 여론'이다. 정치뿐 아니라 언론이나 커뮤니티, 인플루언서까지도 여론에 막대한 영향을 미치는 만큼 나는 온라인이나 문화적인 영역에서 주로 활동하며 길을 만들고 싶다.

Q. 확실히 기술 발전은 빠르고 삶의 형태도 변하고 있다. 부작용이나 대책도 있을까.

최근 챗GPT 같은 AI 기술에 대해서도 규제 얘기가 나오고 있다. 제일 중요한 부작용은 의도했든 아니든 옳은 정보뿐 아니라 잘못된 정보까지 굉장히 빠르게 퍼질 수 있다는 점이다. 세계적으로 이러한 부작용에 대해서도 초점을 맞춰 고민하고 있다. 만약 AI가 아홉 가지의 맞는 정보를 말하면 우리는 틀린 한 가지의 정보도 믿기 쉬운데, 그게 누군가에게는 치명적인 가짜 뉴스일 수 있다. 내가 만약 기득권이라면 이러한 기술을 어떻게 여론에 유리하게 활용할지 생각할 것이다. 그렇기에 미리 공부하고 준비하여 이에 대비할 필요가 있다.

실제로 이 문제를 고민하다가 각종 대화형 AI를 여러 차례 밤새 써보기도 했다. 간혹 당당하게 정보 제공을 해놓고 막상 근거가 되는 링크에 들어가 보면 전혀 다른 내용을 소개하는 경우도 있었다. 사람들이 어떤 정보를 대략적으로 이해하고 싶을 때 흔히 나무위키를 활용하는데, 이때 어디부터 어디까지 편향되거나 왜곡되었는지까지는 크게 관심 가지지 않는다. 어딘가는 편향되어 있을 거라 추상적으로 생각하고 넘기는 셈이다. 문제는 이보다 훨씬 더 과학적으로 보이는 AI가 자칫하면 나무위키의 상위 버전 같은 역할을 할지 모른다는 점이다. 물론 긍정적인 효과도 상당한 만큼 무조건 규제하거나 발목을 잡자는 의미가 아니다. 여기에서 중요한 사실은 기술 발전과 이로 인한 세계의 변화는 빠른데 국내 논의는 느리다는 것이다. 물론 나중에 해외 사례를 참고할 수도 있겠지만, 한국도 선진국 반열에 올라서고 많은 주목을 받고 있는 만큼 디지털 네이티브인 청년세대를 중심으로 활발한 논의가 이루어졌으면 한다. 이 역시 추상적인 이야기가 아니라 5년, 10년 후에는 지금과 또 전혀 다른 기술이 적용될 수 있는 만큼 우리의 생활 양식이나 정보 검색 시장의 변화까지 미리 예측하고 공부해야 발 빠른 대응이 가능하다고 본다.

Q. 이처럼 빠르게 변화하는 사회에서 우리가 더 주목해야 하는 부분이 있을까.

앞으로 일자리나 노동 시장에 큰 변화가 있을 거라는 분석도 나오고 있다. 그에 따른 미래는 어떻게 준비해야 할까. 현재 청년이나 청소년들의 엄청난 불안과 혼란을 어떻게 대비할 것인가, 어떻게 안정적으로 사회를 변화시키고 미래 세대와 함께 이 문제들을 고민하고 담아낼 것인지가 이제 정치권 전체의 과제가 되었다고 생각한다. 한 예로, 민주당에서는 기본 사회와 최소한의 사회적 안전망에 대해 이야기한다. 기본적인 주거, 금융, 소득 등 가장 기초가 되는 사회의 기반을 어떻게 만들고 지켜갈 것인지 고민하고 있고 곧 마스터 플랜이 나올 예정이다. 이에 대해 공감하는 이들도 있고 아닌 이들도 있겠지만, 좋고 싫다는 찬반 다툼보다 최선의 대안을 위한 건강한 논쟁이 많이 이루어지는 건 바람직하다고 본다. 민주당 내에서도 충분히 다른 의견이 나올 수 있고, 그게 가능해야 더 폭넓은 아이디어를 모을 수 있다고 생각한다. 이러한 과정을 거치며 정치권 내부에서만 변화를 말하는 것이 아니라 실제로 현실의 삶이 바뀌어야 한다.

또 한 가지 사안은 10대 청소년들의 목소리를 적극적으로 듣고자 노력해야 한다는 점이다. 보수나 진보를 떠나 정치권에서 미래 세대에 대한 고민이나 이슈를 자주 이야기하고 있다. 특히 기후 위기나 저출생, 고령화 문제, 지역 소멸 등 미래에 다가올 이슈를 책임질 것처럼 이야기하면서 실제로는 미래를 이끌어갈 10대의 목소리는 잘 반영되지 않는 경향이 있다. 기본적으로 유권자가 아니라며, 학생들은 공부할 때라는 핑계 아닌 핑계로 후순위로 밀리기 일쑤다. 미래 세대에 대한 책임을 이야기한다면 동시에 10대를 배척하지 않아야 한다. 10대 청소년들의 고민을 들어보면 요즘 시대의 트렌드나 흐름을 반영하고 있는 경우가 많아 정치인들이 꼭 배워야 할 점들이 있다. 그래서 나 역시 일부러 학교에 강연을 다니며 현장 목소리를 듣고자 하는 것이다. 처음에는 일방적인 미디어 리터러시 강의로 시작했지만, 생각지 못한 이야기를 듣기도 하고 청소년들이 어디에 반응하고 무엇을 궁금해하는지 피드백을 받으면서 많은 인사이트를 얻었다. 나 같은 경우에는 아직까지 쉽게 무시 받는 게임과 e스포츠 분야에 관심을 가지고 적극 소통 중이다. 정치인들이 먼 미래를 이야기할 거면 10대들의 이야기도 열심히 경청해야 한다.

Q. 현실적으로 청년들이 정치에 참여하고 목소리에 힘을 가질 수 있다고 보나.

사실 지금은 기득권 정치의 문턱이 높다 보니 청년들이 똑같은 출발선에서 경쟁하고 힘을 가질 수 있다고 보기는 어렵다. 게임으로 비유하자면 기성세대는 이미 풀템(게임에서 아이템을 모두 갖춘 것)을 장착하고 있지만, 청년들은 이제 막 캐릭터를 만들고 초라한 아이템 한두 개로 시작하는 단계인 셈이다. 아마 많은 국민 역시 기성세대와 청년세대가 일대일로 실력을 비교하고 승부를 낼 수는 없다고 생각할 것이다.

다만 이런 상황에서 청년들이 실력을 보여줄 기회조차 주어지지 않는다는 점이 아쉽다. 물론 나이가 어리다고 무조건 기회를 줘야 한다는 주장도 설득력은 떨어진다. 그렇다면 결국 청년들의 가능성을 바라보는 국민 인식과 연결된 문제일 수 있다. 청년들의 미래 가능성, 현재 정치에서의 빈 곳을 메울 수 있는 능력, 그리고 달라진 시대에 대한 기대감을 줄 수 있는지 등 다양한 차원에서 폭넓은 능력치를 바라봤으면 한다. 완전한 정답은 없겠지만 여러 관점을 두고 바라보며 청년들에게 경쟁의 기회를 부여해야 하지 않을까. 각 정당에서 청년 인재 육성, 영입 할당제 등 주제로 치열하게 논의하는 게 바람직하다.

또한 청년들 스스로도 변화를 일구어 내기 위한 적극적인 노력을 할 필요가 있다. 기성세대를 비판하는 청년들도 많지만, 들여다보면 기성세대 역시 자신들이 생각하는 가치를 현실에 반영하기 위해 뜨겁게 투쟁했던 역사가 있다. 오늘날 청년들은 자신의 소신과 가치를 얼마나 단단하게 갖추고, 또 입증하려 노력하고 있는지 돌아볼 필요도 있다. 무엇보다 모두에게 인정받고 사랑받는 정치인이 될 수는 없다는 사실을 알아야 한다. 누군가의 목소리를 대변한다는 것은 그 반대의 목소리가 반드시 있다는 뜻이다. 아무것도 하지 않으면 욕을 먹지도 않겠지만 대신 아무 변화가 일어나지 않는다. 준비해서 기회를 만들고, 그것을 입증하고 현실화하기 위해 청년들도 두려워하지 말고 당당히 목소리를 냈으면 한다.

Q. 앞으로의 청년들이 이끌어갈 미래 정치는 어떤 모습일까.

디지털 네이티브로서 새로운 문화를 향유하는 청년들의 정치는 분명히 또 다른 방법과 방향성을 갖게 되리라고 생각하지만, 어떤 지점에서는 한계에 봉착하기도 할 것이다. 역사를 들여다보면 지금 하는 고민이 항상 새로웠던 건 아니다. 특히 늘 청년세대와 기성세대는 부딪쳤고, 조금씩 변화가 일어나도 모든 문제를 해결할 수는 없어 조금 나아지는 것 같다가 또 조금 퇴보하기를 반복한다.

간혹 나에게 2030의 목소리를 세게 내달라고 요청하는 사람들도 있는데, 무작정 청년 목소리를 대변하며 부딪치고 배척하는 것보다 오히려 힘을 합칠 수 있도록 중재하는 역할도 중요하다. 예를 들어 축구에서도 공격수, 미드필더, 수비수, 골키퍼의 역할이 각자 다 다르다. 축구로 치면 나는 중원에서 뛰는 미드필더처럼 다양한 사람들을 연결하는 가교 역할을 해나갈 예정이다. 미드필더가 튼튼하게 받쳐줘야 전방의 공격수와 후방의 수비수들이 효율적으로 각자의 역할을 할 수 있다. 이처럼 청년들이 각자의 역할을 찾고, 거기에 맞는 포지셔닝을 했으면 좋겠다.

언젠가 필연적으로 한계에 부딪힌다고 해도 끊임없이 시도하고 방법을 고민해야 지금보다 한 걸음 더 나아갈 수 있다. 설령 그 자리에서 다시 한 걸음 퇴보하더라도, 변화의 기반을 마련하는 돌 하나씩은 쌓았다고 생각한다. 그런 노력으로 세상을 바꾸는 주인공들을 위한 길을 만드는 것이 또한 나의 역할이다.

꼰대 정치의 위기, 90년대생의 정치질
노무현재단 청년 황희두 에세이

초판 1쇄 발행 2023년 5월 17일

지은이 황희두
펴낸이 박영미
펴낸곳 포르체

책임편집 임혜원
편집 김성아, 김선아
마케팅 김채원
표지 디자인 황규성

출판신고 2020년 7월 20일 제2020-000103호
전화 02-6083-0128 | 팩스 02-6008-0126
이메일 porchetogo@gmail.com
포스트 https://m.post.naver.com/porche_book
인스타그램 www.instagram.com/porche_book

ISBN 979-11-92730-48-6 (03810)

• 이 책의 국립중앙도서관 출판시도서목록은 서지정보유통지원시스템 홈페이지(http://seoji.nl.go.kr)와 국가자료공동목록시스템(http://www.nl.go.kr/kolisnet)에서 이용하실 수 있습니다.
• 잘못된 책은 구입하신 서점에서 바꿔드립니다.
• 책값은 뒤표지에 있습니다.